Lukas Erler

Side Effect

Von Lukas Erler ist im Arena Verlag außerdem erschienen:
Brennendes Wasser

Lukas Erler, wurde 1953 in Bielefeld geboren. Er studierte Soziologie, Philosophie und Sozialgeschichte und absolvierte eine Ausbildung zum Logopäden. Seit über zwanzig Jahren ist er als Logopäde in der neurologischen Rehabilitation tätig. Als Krimiautor debütierte er 2010 mit dem viel beachteten Ökothriller »Ölspur«, der wie der Nachfolgeband »Mörderische Fracht« für den Friedrich-Glauser-Preis nominiert wurde. Lukas Erler lebt mit seiner Frau und zwei Söhnen in Nordhessen. »Side Effect« ist sein zweites Jugendbuch.

Lukas Erler

SIDE EFFECT

Arena

FSC
www.fsc.org

MIX
Papier aus verantwortungsvollen Quellen
FSC® C110508

1. Auflage 2019

Cover- und Einbandgestaltung: semper smile
Gesamtherstellung: Westermann Druck, Zwickau GmbH
ISBN 978-3-401-60456-5

www.arena-verlag.de
www.twitter.com/arenaverlag
www.facebook.com/arenaverlagfans

IM LOCH

Es ist vollständig dunkel. Nicht die Art von Dunkelheit, die durch Sterne, Mondlicht oder Neonbeleuchtungen gemildert wird, sondern eine tiefe, undurchdringliche Schwärze. Die Luke über uns und der Teppich darüber lassen nicht den kleinsten Lichtstrahl durch. Ich frage mich, ob sie auch die Luftzufuhr derart radikal blockieren. Wie lange werden wir hier durchhalten können? Ich taste in der Hosentasche nach meinem Smartphone, aber Nesrin macht einen Schritt auf mich zu und umarmt mich. »Warte noch einen Augenblick!«

Ich küsse sie, doch die Wärme und der Geruch ihrer Haut sind so überwältigend, dass ich beinahe froh bin, als sie sich von mir löst. »Wir hätten mit den anderen gehen sollen«, sagt sie unvermittelt. »Ich bin wieder okay! Kein verdammter Klotz am Bein!«

Sie nimmt mir das Smartphone aus der Hand und lässt den dünnen Lichtstrahl der Taschenlampe über die Kellerwände huschen. Nachdenklich betrachte ich das Mädchen, dem ich in der letzten Woche durch drei Länder gefolgt bin. Es scheint ihr tatsächlich besser zu gehen. Die Panik ist aus ihren Augen verschwunden und ihre Stimme klingt wieder fast normal. Aber das reicht nicht. Sie ist auf keinen Fall stark genug, um durch den Wald zu fliehen.

Ich schüttele den Kopf. »Bis zum Dorf sind es fünf Kilometer. Ich weiß nicht, wie viele von den Typen da draußen warten.«

Nesrins Augen füllen sich mit Tränen, aber ihre Stimme gewinnt mit jedem Wort an Festigkeit und Selbstvertrauen. »Ich will verdammt noch mal hier weg!«, faucht sie und starrt mich an. Sie dreht sich zur Trittleiter um und steigt die ersten beiden Sprossen hinauf.

»Wir bleiben hier«, sage ich.

Was für ein Irrsinn. Ich bin so wütend über ihre Sturheit, dass mir das Atmen schwerfällt. Ein verrückter und lächerlicher Gedanke schießt mir durch den Kopf: *Das sind meine Ferien, verdammt!* Die in drei Wochen vorbei sein werden. Was ich sehr gerne noch erleben möchte.

Dann hören wir über uns Schritte. Er ist da.

»Denn der einzige Grund für
das Leben oder eine Geschichte ist doch:
Was passiert als Nächstes?«

Jack Kerouac

EINS

Kaltenbach kennt keine Gnade.

Es ist die letzte Stunde vor den Ferien. Die Noten stehen fest und in allen anderen Klassen werden nur noch Filme gezeigt. Auch die Lehrer haben das Schuljahr abgehakt. Aber nicht Kaltenbach.

Er steht mit dem Rücken zu uns an der Tafel und notiert Sinusfunktionen. Mathematik ist sein Leben. Es interessiert ihn nicht, ob jemand zuhört oder irgendwer was kapiert. Kaltenbach zieht sein Programm durch und nichts kann ihn stoppen.

Evi und Nathalie in der ersten Reihe wollen es offenbar trotzdem probieren. Beide tragen bauchfreie Tops, sehr kurze Röcke und haben die Beine übereinandergeschlagen. Sie rekeln sich wie Katzen in der Sonne und warten darauf, dass er sich endlich umdreht. Netter Versuch, aber aussichtslos. Es ist unmöglich, diesen Lehrer aus dem Konzept zu bringen. Wenn mitten im Klassenzimmer jemand erschossen würde, würde Kaltenbach zunächst die Flugbahn der Kugel berechnen und erst dann die Bullen rufen.

Mein Blick gleitet über die Hinterköpfe meiner Mitschüler und bleibt an dem Kopf hängen, der mich am meisten interessiert. Leider ist er verhüllt. Zumindest von hinten. Nesrin Celik sitzt in der Reihe vor mir, und wenn ich mich vorbeugen und den Arm ausstrecken würde, könnte ich sie berühren. Sie trägt ein dunkelbraunes Kopftuch, dessen lange Enden sie kunstvoll um den Hals geschlungen und unter dem Kinn verknotet hat. Im Unterschied zu allen anderen in der Klasse, die sich demonstrativ genervt auf den Tischen herumfläzen, sitzt sie mit geradem Rücken da und scheint tatsächlich Kaltenbachs halblautem Monolog zu lauschen. Ihre schmalen Schultern stecken in einer langärmeligen weißen Seidenbluse, die weit und locker über die Jeans fällt.

Ich bin in Nesrin verliebt, seit sie am ersten Schultag nach den Weihnachtsferien den Klassenraum betreten hat. Niemand weiß davon, außer Arni. Arnold Goldberg ist mein Freund, das Geheimnis ist bei ihm gut aufgehoben, doch er hat nur mitleidig den Kopf geschüttelt, als ich es ihm erzählte.

»Das kannst du v-v-voll vergessen, Mann. Die ist so unerreichbar wie die Rückseite des M-M-Mondes.«

Arni stottert wie ein alter Zweitaktmotor, aber er ist der klügste Typ, den ich kenne. Vor einer Woche habe ich ein paar Minuten lang gehofft, dass er sich *ein Mal* irrte. An jenem Freitag, als ich für kurze Zeit dachte, ich hätte eine Chance …

Am späten Nachmittag war ich unterwegs zur Sporthalle gewesen, um nachzusehen, ob ich meine Sneakers dort vergessen hatte. Auf dem Gang im Erdgeschoss sah ich Nesrin. Sie stand mit dem Rücken an der Wand, bleich und die Hände in einer hilflosen Bewegung nach oben gereckt. Um sie herum standen Max Keller, Jochen Dreyer und Jenny Trapp aus dem Mathe-LK. Alle lachten und feixten und Max hielt ein Handy in die Höhe, dessen Display ich nicht erkennen konnte. Das sah nach Ärger aus.

»Hey«, sagte ich und ging näher ran, »was läuft denn hier?«

»Kleines Tauschgeschäft«, grinste Max. »Ich hab' ein paar schöne Schnappschüsse von Miss Morgenland. Aus der Umkleide. Kein Kopftuch und auch sonst nicht viel an. Sie überlegt gerade, was sie mir bieten könnte, damit ich die Fotos nicht auf Facebook stelle.«

Mein Blick huschte von Nesrin, die trotzig und wütend in die Runde blickte, zurück zu Max. Jenny Trapp kicherte blöd.

»*Ich* könnte dir ein Angebot machen«, sagte ich. »Ein Angebot, das du nicht ausschlagen wirst.«

Er musterte mich erstaunt, dann wurden seine Augen wachsam und seine Schultern strafften sich. »Verpiss dich! Das hier geht dich nichts an!«

»Ich hätte auch ein paar Fotos zu bieten. Drei, um genau zu sein. Gestochen scharf. Von dir und Zoé Henke. Auf der Mädchentoilette. Du erinnerst dich an die Abi-Fete vor vier Wochen? Die elften Klassen waren eingeladen.«

Max runzelte die Stirn und brauchte ein paar Sekunden, um die Tragweite dieser Information zu verdauen. Jenny hatte aufgehört zu kichern. Zoé Henke war die Tochter der Schuldirektorin.

»Kein Schimmer, von was du redest.« Max schluckte seinen Speichel hinunter. Seine Stimme klang belegt.

»Na ja, wenn du es nicht mehr weißt, ist es ja um so schöner, dass es Erinnerungsfotos gibt. Es war schon ziemlich spät. So gegen Viertel nach elf bist du mit Zoé abgehauen. Natürlich war mir klar, wohin ihr wolltet. Ich habe ein paar Minuten gewartet und bin euch dann auf die Toilette gefolgt. Ein schneller Klimmzug mit dem Handy zwischen den Zähnen, dreimal von oben in die Kabine fotografiert und wieder raus. Keine große Sache.«

»Das hätten wir gemerkt«, zischte Max wutentbrannt und machte einen Schritt auf mich zu. Jenny und Jochen, die mir offenbar bis jetzt nicht recht geglaubt hatten, starrten ihn entsetzt an. Dann griffen sie beinahe gleichzeitig nach seinen Schultern und hielten ihn fest.

»Ich war auch überrascht, *wie abgelenkt* man sein kann«, sagte ich leichthin. »Aber so war's nun mal!«

Max schüttelte die Hände seiner Freunde ab und ballte die Fäuste. Sein Gesicht hatte eine dunkelrote Färbung angenommen, die wirklich nicht gesund aussah. Er war kurz davor, komplett auszurasten. Ich fing einen besorgten Blick von Nesrin auf und wich zurück. In diesem Augenblick trat Jenny Trapp zwischen uns und baute sich, die Hände in die Hüften gestemmt, vor Max auf.

»Hör dir sein Angebot an!«, sagte sie kalt. Offensichtlich war sie stinksauer wegen Zoé Henke.

Als Max nicht gleich antwortete, beschloss ich, die Sache abzukürzen.

»Hast du schon irgendwelche Fotos von Nesrin gepostet?«

»Nein!«

»Schön für dich! Dann ist es ganz einfach. Ein klassisches Patt, falls du weißt, was das ist: Wir lassen uns gegenseitig in Ruhe und alles ist bestens. Keine Fotos von Nesrin, keine Fotos von dir. Ich rate dir, deine Bilder zu löschen. Wenn sie irgendwo auftauchen, egal, ob du schuld bist oder nicht, ist klar, was geschieht. Aber das muss ja nicht sein. Ich hab' kein Interesse daran, dich reinzureiten. Wenn du vernünftig bist, passiert überhaupt nichts! Also, was ist: *Deal or no deal?*«

Als er nickte, winkte ich Nesrin zu mir und die anderen machten ihr bereitwillig Platz. Ohne uns umzudrehen, gingen wir nebeneinander den Gang hinunter und beeilten uns, aus dem Gebäude herauszukommen. Ich schwitzte aus jeder Pore meines Körpers und war plötzlich so verlegen, dass ich mich kaum traute, ihr in die Augen zu sehen. Nesrin war blass, starrte auf den Kiesweg, und ohne ein Wort miteinander zu wechseln, gingen wir zu den Fahrradständern. Ich zog mein Bike heraus, schloss es auf und zwang mich, sie anzusehen.

»Danke«, sagte sie, ohne zu lächeln.

»Schon okay.«

»War das alles *wahr?* Mit den Fotos von Max und Zoé?«

Ich schüttelte bedächtig den Kopf. »Sehe ich aus wie jemand, der einen Klimmzug kann? An einer Klowand?«

Ihre Augen weiteten sich und dann begann sie zu lächeln. Ein Lächeln, das an dem Boden unter meinen Füßen zerrte.

»Das war ein Bluff?«

»Ja. Ich habe einfach geraten, was wiederum nicht schwer war. Ich hab' die beiden in Richtung Damentoilette verschwinden sehen und mir meinen Teil gedacht. Der Rest war improvisiert.«

»Du kannst fantastisch lügen.« Die Anerkennung in ihrer Stimme war unüberhörbar.

»Ich hab' so meine Momente.«

»Danke, noch mal«, sagte sie und ließ das Lächeln verschwinden. »Wir sehen uns Montag.«

Dann drehte sie sich um und ging einfach davon.

Super!

Das war sie gewesen, meine Chance.

Warum hatte ich sie nicht aufgehalten? Sie auf ein Eis eingeladen oder wenigstens zu einem Spaziergang? Weil ich ein blöder Vollpfosten war, der nicht mal ein bisschen Small Talk hinbekam, um noch ein paar Minuten mit ihr herauszuschinden.

Game over.

Während ich nach Haus radelte, beschimpfte ich mich selbst mit allen Kraftausdrücken, die ich jemals gehört hatte, und das Wochenende verbrachte ich in einer Art Tagtraum, in dem Nesrin und ich nebeneinander an einem Baggersee lagen.

Am folgenden Montag wurde mir klar, dass ich tatsächlich alle Hoffnungen begraben konnte. Nesrin nickte mir zur Begrüßung kurz zu, lächelte schwach und setzte sich auf ihren gewohnten Platz in der Reihe vor mir. Schweigsam wie immer. Das zog sie den Rest der Woche durch. So, als wenn nichts passiert wäre. Max, Jochen und Jenny ignorierten uns und irgendwie schien es mir, als sei ich der Einzige, der sich an die Ereignisse vom letzten Freitag erinnerte. Falls sie überhaupt stattgefunden hatten …

Aber, das haben sie, denke ich und konzentriere mich wieder auf das Geschehen in der Klasse und auf Nesrins schmale Schultern. Max Keller wird sich auf die eine oder andere Art rächen, da bin ich ziemlich sicher. Scheißegal! Was mich wirklich beunruhigt … nein, was mich restlos *fertigmacht,* ist die Tatsache, dass ich nach dem Ende dieser Doppelstunde Nesrin für mindestens sechs Wochen nicht mehr sehen werde. Sie wird mit ihren Eltern in die Türkei fliegen und vermutlich die ganzen Ferien dort verbringen. Das halte ich nicht aus. Völlig unmöglich.

Ich sehe auf meine Armbanduhr. Noch eine Viertelstunde bis zum Ende des Schuljahres. Im Klassenraum ist es jetzt trotz der geöffneten Fenster sehr heiß. Vom Schulhof dringt Geschrei herauf. Die Mittelstufenschüler sind schon entlassen und auch um mich herum wird es unruhig. Kaltenbach spürt offenbar, dass er die Disziplin nicht länger aufrechterhalten kann, hat aber nicht vor, ohne ein letztes Wort einfach so abzutreten. Er dreht sich zur Klasse um und bringt das allgemeine Gemurmel mit seiner schneidenden Stimme zum Verstummen.

»So, Herrschaften, werfen wir noch einen Blick auf die Tafel. Ich fasse zusammen: Sinus – und Kosinus sind mathematische Funktionen, die zunächst mal in die Geometrie gehören. Aber, wo spielen sie *noch* eine wichtige Rolle?«

Ein empörtes Aufstöhnen geht durch die Reihen und für einen kurzen Moment denke ich, dass Kaltenbach den Bogen überspannt hat. Dann hebt Nesrin die Hand. »Bei der mathematischen Beschreibung von Wellen- und Schwingungsphänomenen.«

Wenn jemand so was weiß, dann sie. Nesrin ist die Nummer eins im Mathe-Leistungskurs.

Kaltenbach grinst wie ein zufriedener Haifisch.

»Genau! Schöne Ferien!«

Einen Augenblick lang herrscht ungläubige Stille. Es hat noch nicht geklingelt. Kaltenbach schenkt uns tatsächlich sieben Minuten. Dann bricht ein ohrenbetäubender Tumult los. Alle springen auf, packen zusammen und jeder versucht, so schnell wie möglich rauszukommen. Nur Nesrin nicht. Sie dreht sich zu mir um, lächelt und wird ein bisschen rot dabei.

»Kannst du in zwanzig Minuten im Bootshaus sein?«

Es ist immer noch sehr laut um mich herum, doch ich bin sicher, dass sie das gerade gesagt hat. Nur zu wem? Eine Sekunde lang denke ich, dass sie mit jemandem spricht, der hinter mir steht. Das Blut rauscht in meinen Ohren und mir ist schlecht vor Aufregung und Glück.

»Klar«, sage ich. »Kein Problem.«

Von wegen *kein Problem.* Ich bin derart von der Rolle, dass ich mich auf dem Weg zum Bootshaus wahrscheinlich *verlaufen* werde.

Sie will sich mit mir treffen. Arni wird aus dem Stottern gar nicht mehr rauskommen, wenn er davon erfährt, und bei dem Gedanken muss ich lachen. Ich habe ein Date mit der verdammten Rückseite des Mondes.

Und ich werde hingehen.

Falls mir wieder einfällt, wie man sich bewegt.

Als ich die Schockstarre überwinde, bin ich allein im Klassenzimmer. Vorsichtig setze ich einen Fuß vor den anderen und mache mich auf den Weg zum Bootshaus. Es handelt sich um ein lang gestrecktes Holzhaus am äußersten Rand des Schulgeländes, das die Boote der Rudermannschaft, aber auch zahlreiche Kanus und Kajaks beherbergt. Normalerweise ist es abgeschlossen, aber als ich näher komme, sehe ich, dass die Tür weit offen steht. Nesrin ist schon da. Sie steht mitten im Raum, links und rechts eingerahmt von in Wandhalterungen fixierten Booten.

»Komm rein und mach die Tür hinter dir zu«, sagt sie.

Ich tue, was sie sagt und bleibe zwei Schritte vor ihr stehen.

»Schön hier. Woher hast du den Schlüssel?«

Nesrin zuckt nur mit den Schultern und rollt die Augen, was sehr komisch aussieht. Okay, blöde Frage. Neuer Anlauf.

»Ich bin unheimlich froh, dich vor den Ferien noch mal zu sehen«, sage ich.

Nesrin grinst übermütig. Ein ungewohntes Grinsen, das mit dem Lächeln, das ich bisher kannte, wenig zu tun hat. »Du wirst mir auch fehlen.«

»Echt?«

Sie nickt energisch. »Du bist der einzige nette Typ auf der ganzen Scheißschule!«

Gut, denke ich, *darauf kann man aufbauen.*

»Ich habe dich gebeten zu kommen, weil ich dir etwas zeigen will. *Nur* dir!«

»Du machst es echt spannend. Brauchst du einen Trommelwirbel?«

Nesrin grinst erneut. »Ja, ein Trommelwirbel wäre nicht schlecht. Pass jetzt gut auf!«

Mit sehr langsamen Bewegungen wie in Super-Slow-Motion, löst sie die Enden des braunen Tuches von ihrem Hals und hebt es wie eine Haube ab. Ihre dunklen Augen sehen mich unverwandt an und in ihren Mundwinkeln zuckt ein mühsam unterdrücktes Lachen. Mein Herzschlag scheint einen Moment auszusetzen und unwillkürlich trete ich einen Schritt zurück. Was ich sehe, ist so unfassbar und überraschend, dass ich das Atmen vergesse.

Nesrin hält das Tuch einen Augenblick unschlüssig in den Händen, knüllt es dann einfach zusammen und wirft es über ihre Schulter nach hinten. Ich starre sie immer noch an und bringe keinen Ton heraus. Ihr Haar ist nicht so lang, wie ich vermutet habe. Es endet in Schulterhöhe – und es ist blau. Ein tiefdunkles, metallisch glänzendes Blau.

»Cool, oder?«

Ich räuspere mich und nicke nur.

»Dein Vater …?«, krächze ich schließlich.

»Ist auf einem Lehrgang. Bis morgen Abend. Ich war die halbe Nacht im Badezimmer. Schwarze Haare kann man nicht einfach so blau färben. Wusstest du das? Man muss sie vorher blondieren, sonst geht es nicht. Das war viel Arbeit und ich musste sehr leise sein.«

»Dein Vater wird ausrasten!«

»Er sieht es nicht.«

»Irgendwann musst du das Tuch ja mal abnehmen.«

»Ich werde es nie wieder *an*legen!«

Ich begreife nicht sofort, was sie meint, aber ein Teil von mir versteht, dass dieser Satz der Anfang von etwas ist. Von etwas, das unabsehbare Folgen haben wird. Nesrin hat jetzt Tränen in den Augen. Sie glitzern im Licht der Sonnenstrahlen, die durch das grob gezimmerte Dach des Bootshauses ins Innere dringen.

»Was hast du vor?«

»Ich haue ab!«

»Wohin?«

»Amsterdam.«

Ich schlucke heftig und spüre, wie Schweißperlen von meinen Achselhöhlen aus sich ihren Weg zu den

Rippenbögen hinab suchen. Wie in Trance schüttele ich den Kopf.

»Das kannst du nicht machen.«

»Wetten?!«

Sie greift in die Tasche ihrer Jeans und holt einen zerknitterten Zettel heraus, den sie mir entgegenstreckt. »Wenn du mal nach Amsterdam kommst, geh zu dieser Adresse. Dort wohnt eine Frau, die dir sagt, wo ich bin. Ich werde ihr ein Foto von dir aufs Handy schicken.«

Ich nehme den Zettel und starre darauf, ohne irgendetwas entziffern zu können. Es gibt nur eines, was ich kapiere: Sie meint es ernst und ich kann nicht das Geringste dagegen tun.

»Sie werden nach dir suchen. Deine Familie, die Polizei, alle ...«

»Wenn du mich nicht verrätst, werden sie nicht nach jemandem suchen, der so aussieht wie ich.«

Nesrin knöpft ihre langärmelige Seidenbluse auf und streift sie ab. Darunter trägt sie ein knappes pinkfarbenes T-Shirt mit dem Aufdruck:

ALS GOTT MICH SCHUF,
WOLLTE SIE ANGEBEN!

Das Rosa des T-Shirts passt wunderbar zu dem Blau der Haare. Die Verwandlung ist perfekt.

»Ich habe auch blaue Kontaktlinsen gekauft.«

»Gut«, sage ich mechanisch und versuche, die Benommenheit in meinem Kopf abzuschütteln. »Darf ich ein Bild von dir machen?«

»Eins!«

Ich hole mein Handy heraus und fotografiere sie.

Danach kommt Nesrin auf mich zu, nimmt mein Gesicht in ihre Hände und küsst mich. Ein Hauch von einem Kuss, ich spüre ihre Lippen kaum, aber es ist ein Kuss.

»Verlier den Zettel nicht!«, sagt sie.

»Bitte gib mir deine Handynummer.«

Nesrin schüttelt den Kopf.

»Ich werde das Telefon nicht mehr bei mir haben. Kein Handy. Keine Social Media. Keine digitalen Spuren. Weg ist weg!«

»Und wie kann ich dich erreichen?«

»Gar nicht.« Das übermütige Grinsen von eben ist jetzt ein trauriges Lächeln.

Dann geht sie zur Tür und verschwindet. Ich stehe da wie der letzte Volltrottel, unfähig, mich zu rühren, und den Verstand im freien Fall. *Verlier den Zettel nicht!* Keine Sorge!

Sechs Wochen Ferien. Seit zehn Jahren verbringe ich den Sommerurlaub mit meinen Eltern auf Usedom. Es wird ihnen nicht gefallen, aber in diesem Jahr müssen sie ohne mich auskommen.

ZWEI

Das gemeinsame Frühstück am Samstagvormittag ist in meiner Familie eine entspannte Sache. Normalerweise. Alle sind einigermaßen ausgeschlafen und gut gelaunt, weil das Wochenende gerade erst begonnen hat. Es herrscht eine behagliche Stimmung. Irgendwelche Diskussionen sind nicht erwünscht.

Heute Morgen ist alles anders und ich bin ziemlich nervös. Vor mir liegen nicht zwei freie Tage, sondern sechs Wochen Sommerferien. Und was ich für diese Zeit geplant habe, wird meinen Eltern in wenigen Minuten das kostbare Weekend gründlich versauen. Ich lasse meinen Blick zwischen beiden hin- und herwandern. Mein Vater hat sein Brötchen verdrückt und ist schon bei der zweiten Tasse Kaffee, die er hinter seiner Zeitung schlürft. Meine Mutter löffelt ihr Müsli und trinkt Orangensaft dazu. Sie blickt nachdenklich durch die Verandatür hinaus in den Garten und überlegt wahrscheinlich, ob die Rosen schon geschnitten werden müssen. Zwecklos, es weiter hinauszuzögern.

»Ich muss was besprechen.«

Mein Vater lässt die Zeitung ein paar Zentimeter

sinken, bleibt aber weiterhin unsichtbar. Er hofft, dass meine Mutter diese lästige Unterbrechung unserer Morgenroutine abfängt, und das tut sie auch. Mom wendet sich mir zu und lächelt erwartungsfroh.

»Schieß los«, sagt sie.

»Ich fahre nicht mit nach Usedom.«

Meine Mutter ist normalerweise nicht schwer von Begriff, aber diese Mitteilung überfordert sie. Ihr Mund bleibt offen und in ihrem Gesicht steht absolutes Unverständnis.

»Wie meinst du das …?«

»So wie ich es gesagt habe! Ich komme nicht mit.«

»Wir fahren jeden Sommer zusammen …«

»Eben!«, unterbreche ich sie. »Wir fahren seit zehn Jahren auf die Insel und es hat mir immer gut gefallen, aber in diesem Sommer hab' ich was anderes vor.«

Mein Vater lässt jetzt die Zeitung so weit sinken, dass ich sein Gesicht sehen kann. Es zeigt einen verständnislos genervten Ausdruck und die beiden Steilfalten über seiner Nase signalisieren, dass er auf dem besten Weg ist, stocksauer zu werden.

»Und was genau, bitte?«

»Interrail«, sage ich lässig. »Start in vierzehn Tagen. Ich mach' eine Interrail-Tour. Mit der Bahn durch Europa. Holland, Frankreich, Italien und Spanien. Vier Wochen, vier Länder. Eine überschaubare Sache.«

An dieser Strategie habe ich die halbe Nacht gefeilt. Eine gezielte Fahrt nur nach Amsterdam hätte eine Flut von Fragen nach sich gezogen, die so alle entfallen. Meine Eltern sind in ihrer Jugend selbst mehrfach mit dem Interrail-Ticket unterwegs gewesen und haben mir oft erzählt, wie toll sie diese Reisen damals fanden. Von irgendwelchen Gefahren war nie die Rede. Sie haben keinen glaubwürdigen Grund, mir in die Quere zu kommen. Mein Vater versucht es natürlich trotzdem.

»Du bist erst siebzehn.«

»Warst du damals auch. Und soweit ich weiß, war Mom sechzehn.«

Diese Debatte kann er nicht gewinnen und ich sehe ihm an, dass er das weiß. Er nimmt seine Brille ab und beginnt, mit der Serviette die Gläser zu polieren.

»Was ist mit deinem Job?«

Ich habe schon im Frühjahr einen zweiwöchigen Ferienjob in der Stadtgärtnerei klargemacht. Den jetzt abzusagen, kommt nicht infrage. Macht aber auch nichts. Die Kohle kann ich für Amsterdam gut gebrauchen.

»Den erledige ich vorher. Das passt schon.«

Mein Vater wienert immer noch unzufrieden an seiner Brille herum.

»Ach Scheiße«, sagt er schließlich. »Warum konntest du das nicht früher erzählen? Dann hätte ich auf Usedom eine kleinere Ferienwohnung gebucht.«

Typisch Dad! Mir mit den Kosten, die ich verursache, ein schlechtes Gewissen zu machen, ist eine Spezialität von ihm, aber ich bin da mittlerweile abgehärtet. Mom ist, was diesen Punkt angeht, auf meiner Seite und starrt ihn kopfschüttelnd an.

»Ich weiß, es ist ein bisschen kurzfristig aber ich bin gestern erst gefragt worden. Ein paar Leute aus meiner Klasse haben mir angeboten, mich ihnen anzuschließen. Sie starten schon früher und ich treffe sie am Montag in zwei Wochen in einer Jugendherberge in Amsterdam.«

»Wo genau?«

»Im *Stayokay Stadsdoelen.* Ein Youth Hostel im alten Stadtzentrum.«

Diese Jugendherberge habe ich gestern Nacht gegoogelt, weil ich wusste, dass mein Vater danach fragen würde. Immer wieder versucht er zu testen, wie gut organisiert ich bin und welche »lebenspraktischen Fertigkeiten« mir seiner Meinung nach noch fehlen.

»Hast du einen Jugendherbergsausweis? Und einen gültigen Perso?«

»Klar!«

»Genug Geld?«

»Ich habe das Geld von dem Job und tausendachthundert Euro auf dem Sparkonto.«

»Die für den Führerschein gedacht waren«, wirft Mom ein.

»Ich würde gern diese Reise machen. Es passiert nicht so oft, dass ich gefragt werde, ob ich mitkommen will.«

Mom zuckt etwas zusammen. Ich weiß, dass sie

sich wegen meiner Außenseiterposition in der Klasse häufig Gedanken macht. Mehr als ich jedenfalls.

»Ist Arni Goldberg dabei?«

»Ja, er und noch drei andere.«

Meine Mutter sieht zu meinem Vater hinüber, der resigniert mit den Schultern zuckt. Er weiß, wann er verloren hat.

»Wann willst du aufbrechen?«

»Hab' ich gerade eben gesagt: Montag in zwei Wochen.«

Er rollt mit den Augen und wirft die zerknüllte Serviette auf den Tisch. »Alles so plötzlich. Das passt mir irgendwie nicht.«

»Na ja, im Alter ist man nicht mehr so flexibel.«

Über das Gesicht meiner Mutter huscht ein Grinsen. »Übertreib's nicht«, sagt sie.

Ich beginne, den Frühstückstisch abzuräumen, und stelle das schmutzige Geschirr in die Spülmaschine. Der Blick meines Vaters besagt, dass das wohl das Mindeste ist, was ich tun kann. Ich bin sehr zufrieden mit mir. Wenn Nesrin jetzt hier wäre, hätte sie mich vielleicht sogar noch mal geküsst.

Was für ein Blödsinn. Wenn sie jetzt hier wäre, hätte ich mir die ganzen Lügen gar nicht ausdenken müssen. Ob die Suche nach ihr schon begonnen hat?

Ich sehe sie im Bootshaus vor mir stehen, denke an die glitzernden Tränen und ihre mutige Stimme. Die blauen Haare und das irre T-Shirt. Eine völlig andere Nesrin. Die mir noch besser gefällt als die, in die ich mich verliebt hatte. Wie ist das möglich? Ich schiebe den Gedanken beiseite.

Die Nesrin mit den blauen Haaren ist jedenfalls die, die mich geküsst hat. So viel mal zu den Fakten. Sie ist es, die ich unbedingt wiedersehen will. Vielleicht war die andere immer schon die falsche. Die mit dem Kopftuch, der hochgeschlossenen Bluse und dem abgesenkten Blick. Vielleicht war *das* die Verkleidung?

»Wann willst du das Ticket kaufen?« Die Stimme meines Vaters unterbricht meinen Gedankenfluss. Das mag ich an ihm. Sobald er begriffen hat, dass er nichts ändern kann, meldet sich sein praktischer Verstand, um das Beste aus der Sache zu machen.

»Heute Vormittag.«

Ich fahre mit der S-Bahn in die Innenstadt und besorge mir in einem Reisebüro das Interrail-Ticket. Dann kaufe ich einen großen Rucksack, eine Wasserflasche, ein Schweizer Taschenmesser und einen Stadtplan von Amsterdam. Für den Fall, dass mein Handy aus irgendeinem Grund schlappmacht. Genaue Vorstellungen, was ein Backpacker so bei sich führen sollte, habe ich nicht, aber wen juckt das schon. Ich will schließlich nur nach Holland.

Als ich mittags nach Hause komme, erwartet mich meine Mutter an der Tür. Sie sieht besorgt aus.

»Kennst du eine Nesrin Celik?«

»Klar! Aus der Schule.«

»Hast du eine Ahnung, wo sie steckt?«

»Ich nehme an, sie ist mit ihren Eltern in die Türkei geflogen.«

»Eben nicht. Sie wird seit heute Morgen vermisst.«

»Wer sagt das?«

»Ihre Mutter. Die hat vorhin hier angerufen. Völlig aufgelöst. Sie telefoniert eine Liste mit den Nummern aller Schüler ab, die Nesrin kennen könnten. Die arme Frau.«

Ich mache ein betroffenes Gesicht und folge meiner Mutter durch den Korridor ins Haus.

»Kennst du das Mädchen näher?«

»Wir sind zusammen im Mathe-Leistungskurs. Wie man sich eben so kennt. Sie ist eine Art Mathegenie.«

Das ist sogar die Wahrheit. Was ich weiß, ist, dass Nesrin in allen Fächern extrem gut ist und ein herausragendes Talent für Mathematik hat. Doch genau genommen kenne ich sie nicht gut. Auch über ihre Familie weiß ich nichts. Irgendwer hat mal erwähnt, ihr Vater sei sehr streng. Wird wohl stimmen, sonst wäre sie nicht abgehauen, aber sie hat nie zu jemandem über ihr Elternhaus gesprochen. Geredet hat sie überhaupt nicht viel. Bevor ich sie aus der blöden Situation mit Max Keller loseisen konnte, hatten wir während des ganzen Schulhalbjahres keine drei Sätze gewechselt. Auch im Bootshaus hat sie nicht viel gesagt, aber was sie sagte, hat sich in mein Gehirn eingebrannt.

Du wirst mir auch fehlen.

Du bist der einzige nette Typ auf der ganzen Scheißschule.

Verlier den Zettel nicht.

In diesem Augenblick hatte ich das Gefühl gehabt, sie schon lange zu kennen.

Der verdammte Zettel. Wo ist er? Während ich meiner Mutter ins Wohnzimmer folge, filzen meine Hände die Taschen meiner Jeans.

Nichts.

Verdammt, verdammt, verdammt! Ein Gefühl der Panik rollt auf mich zu. Mom spürt meine Unruhe und dreht sich um. Sie hat diesen speziellen »Benny-hat-Probleme-Riecher«.

»Ist was mit dir?«

»Die Jeans, die ich gestern angehabt habe … hast du die schon gewaschen?«

»Ich kann nicht zaubern, okay?!«

»Zum Glück!«, sage ich, rase ins Badezimmer, finde die Hose im Wäschekorb und den Zettel in der rechten Vordertasche. Ich lege das Stück Papier auf die Waschmaschine, streiche es glatt und fotografiere es mit dem Handy. Dann schicke ich das Foto zur Sicherheit noch an meinen PC.

Die Vorstellung, dass mein Überraschungsbesuch bei Nesrin schon jetzt hätte scheitern können, lässt meinen Magen krampfen. *Alles gut! Reiß dich zusammen!*

Ich gehe rauf in mein Zimmer und fange schon mal an, probehalber den Rucksack zu packen, als Arni anruft. Wurde auch Zeit. Schon vor einer Stunde habe ich ihm eine Sprachnachricht hinterlassen.

»Worum geht's?« Arni ist kein Freund von langen

Begrüßungen. Außerdem muss er einen guten Tag haben, denn er stottert nicht.

»Weißt du, dass Nesrin Celik verschwunden ist?«, frage ich.

»Yep! Hast du was damit zu tun?«

»Waaas?« Ich weiß, dass Arni ein schlauer Typ ist, aber das hier jetzt haut mich um. »Wie kommst du darauf?«

»Nach der letzten Stunde gestern bin ich erst mal fluchtartig abgehauen. So wie alle anderen auch. Doch dann hab' ich gemerkt, dass ich das Ladekabel für mein Handy im Klassenraum vergessen hatte, und bin noch mal umgekehrt. Da habe ich dich gesehen. Als du quer über den Rasen zum Bootshaus gegangen bist. Das war schon komisch genug. Ich hatte dich nicht als Wassersportler in Erinnerung. Aber noch komischer fand ich, dass die Hütte nicht abgeschlossen war. Du bist da einfach so reinspaziert. Mir war natürlich klar, dass du jemanden triffst. Vermutlich die Person, die das Blockhaus aufgeschlossen hatte. Als du zehn Minuten später noch immer nicht aufgetaucht bist, wollte ich nach dir sehen, aber dann ist die Tür aufgegangen und dein Date kam heraus. Eine schmale Gestalt mit blauen Haaren und rosa T-Shirt, die sofort nach rechts abgebogen ist und dann hinter der Hütte verschwand. Ein Phantom in Bonbonrosa. Aber ich hab' trotzdem erkannt, wer das war.«

Ich schweige eine Weile und versuche, den Schock zu überwinden. Nesrins Stimme flüstert in meinem

Kopf: *Wenn du mich nicht verrätst, werden sie nicht nach jemandem suchen, der so aussieht wie ich.* »Arni, darüber darfst du mit niemandem reden!«, krächze ich schließlich.

»Schon klar, Alter, du kennst mich. Was genau ist passiert?«

Ich erzähle es ihm und auch dass ich ihr nach Amsterdam nachreisen will. Arni hört schweigend zu. Als ich fertig bin, seufzt er gequält. »Tut mir leid, aber da hast du ein Problem. Ich war nicht allein bei den Fahrradständern. Mindestens zwei weitere Leute waren dort. Ich habe mich nicht nach denen umgedreht, aber …«

»Du meinst …«

»Ja, meine ich«, sagt Arni ernst. »Ich glaube, die haben dasselbe gesehen wie ich.«

DREI

Die folgenden zwei Wochen vergehen quälend langsam, aber sie vergehen. Zum Glück ist der Job gar nicht mal so schlecht und lenkt mich davon ab, dauernd darüber zu grübeln, wo Nesrin jetzt steckt und wie es ihr geht. Tagsüber bin ich die meiste Zeit an der frischen Luft und kann mit einem kleinen Traktor durch die städtischen Anlagen düsen. Abends liege ich auf dem Bett und denke wieder an Nesrin. Hauptsächlich daran, wie aufregend sie in dem engen rosa T-Shirt ausgesehen hat. Und was geschehen wäre, wenn ich sie auch geküsst hätte.

Nicht so ein hingehauchter Kuss, sondern richtig. So dass sie gespürt hätte, wie sehr … Vielleicht wäre sie dann …

… nicht a-abgehauen? Na klar, dann hätte sie d-d-deinetwegen die Haarfarbe rausgewaschen und das T-Tuch wieder angelegt. Und wäre brav zu Hau-Hause geblieben. Dein Ernst?

Wenn Arni in meinen Gedanken dazwischenredet, geht's nie ohne Stottern ab, aber seine Stimme ist kühl und unerbittlich. Ich würde ihn gerne aus meinem Kopf rausschmeißen, doch was er über den letzten Schultag gesagt hat, beschäftigt mich die ganze Zeit.

Wer hatte da hinter ihm bei den Fahrradständern gehockt?

Leute, die Nesrin kannten?

Und sie in ihrem neuen Outfit *er*kannt hatten?

Eher unwahrscheinlich. Ich hatte ihr direkt gegenübergestanden und war dennoch von der krassen Veränderung mehr als verblüfft gewesen. Die Entfernung zwischen den Fahrradständern und dem Bootshaus betrug mindestens siebzig Meter. Nicht gerade nahe. Andererseits, wenn Arni sie erkannt hatte, konnte jemand anders das auch, oder?

Nicht unbedingt. Arnis Aufmerksamkeit war bereits geschärft gewesen, weil er mich in die Hütte hatte hineingehen sehen und neugierig geworden war. Wie aufmerksam, gleichgültig oder mit sich selbst beschäftigt mochten die anderen gewesen sein?

Und falls diese Leute Nesrin erkannt hatten, war noch keineswegs sicher, dass sie auch von ihrem Verschwinden wussten. Vielleicht waren sie zu dem Zeitpunkt, als Nesrin wirklich vermisst wurde, bereits im Urlaub gewesen. Und wenn nicht – würden sie die wundersame Verwandlung für so wichtig halten, dass sie Nesrins Eltern oder der Polizei davon erzählten?

Ich weiß es nicht.

Warum war sie *überhaupt* abgehauen?

Auch darüber zerbreche ich mir den Kopf. Schließlich komme ich zu dem Schluss, dass irgendetwas in ihrer Familie passiert ist. Irgendetwas, was das Fass zum Überlaufen gebracht hat. Es gibt mir einen kleinen Stich, dass sie offenbar nie auf die Idee gekommen ist, mit mir darüber zu sprechen. Auch nach der Sache mit Max Keller nicht. Was ich wusste: Der Entschluss wegzulaufen muss ungeheuer schwer für sie gewesen sein und sie hatte ihn von langer Hand geplant. Das Färben der Haare, das neue Outfit, das Sparen von Geld für die Fahrt, das alles hatte mit Sicherheit viel Zeit gekostet.

Auch die Anschrift auf dem Zettel deutet auf eine längerfristige Planung hin. *Wenn du mal nach Amsterdam kommst, geh zu dieser Adresse. Dort wohnt eine Frau, die dir sagt, wo ich bin. Ich schicke ihr ein Foto von dir.*

Wer ist diese Frau? Wer hilft jemandem dabei unterzutauchen und sorgt gleichzeitig dafür, dass man gefunden wird, wenn man das möchte? Wie ist Nesrin auf sie gestoßen?

Ich habe mir nie eingebildet, sie gut zu kennen, aber offenbar habe ich noch viel weniger über sie gewusst, als ich dachte.

Ist das irgendwie wichtig, wenn man sich verliebt?

Für mich nicht, aber wie ist das bei ihr?

Ist sie denn in dich v-verliebt? Arni kann es nicht lassen, sich einzumischen.

Sie hat mich geküsst, antworte ich.

Na ja, sagt Arni und seine Stimme klingt wie ein müdes Lächeln.

Du hast Hausverbot in meinem Kopf, denke ich genervt und höre ihn leise lachen.

Klar, sagt er, *ich seh's direkt v-v-vor mir.*

VIER

Vierzehn Tage später ist es endlich so weit: Meine Eltern bringen mich an einem sonnigen Montagmorgen zum Bahnhof, bevor sie mit ihren Urlaubsvorbereitungen für Usedom beginnen. Der Abschied verläuft erfreulich kurz und schmerzlos. Mein Vater ist sowieso kein Freund großer Worte. Meine Mutter würde gerne ein paar Tränen vergießen, kann sich aber beherrschen.

»Handys, WhatsApp, Twitter … hatten wir früher alles nicht«, sagt mein Vater. »Aber trotzdem haben wir es geschafft, hin und wieder zu Hause anzurufen …«

»…und der Oma eine Karte zu schreiben«, ergänzt Mom.

»Krieg' ich auch hin«, sage ich und spüre, wie sich meine Nackenhaare aufstellen. Ich habe in meinem ganzen Leben noch keine Ansichtskarte verschickt und werde auf dieser Reise sicher nicht damit anfangen. Meine Eltern umarmen mich auf dem Bahnhofsvorplatz, halten sich mit weiteren Ratschlägen zurück und machen sich schließlich winkend auf den Weg.

Ich sehe ihnen nach, bis der alte Familienvolvo im morgendlichen Berufsverkehr verschwindet. Dann schlendere ich zu den Bahnsteigen. Während ich auf den Zug nach Amsterdam Centraal warte, bin ich mit den Gedanken bei Nesrin und stelle mir vor, was wir alles unternehmen werden. Ich bin noch nie verliebt gewesen wie jetzt, aber ich war schon zweimal in Amsterdam und bin mir sicher, dass es eine megageile Stadt für Verliebte ist. Die zahllosen romantischen Cafés und gemütlichen Kneipen, die Grachten und der Vondelpark, das wird fabelhaft werden. Falls Nesrin noch nie dort war, kann ich ein bisschen angeben und ihr die »Stadt zeigen«.

Auf so-so-was steht sie n-n-nich', höre ich Arni mosern und zucke mit den Schultern. Der Gedanke gefällt mir trotzdem.

Als der Zug am Bahnsteig hält, steige ich irgendwo in der Mitte ein und finde einen guten Platz in einem Großraumabteil. Ich verstaue meinen Rucksack, mache es mir bequem und hole dann Handy und Kopfhörer raus. So wie fast alle anderen Fahrgäste auch. Nur links vom Mittelgang sehe ich eine Frau im Alter meiner Mutter, die ein Kreuzworträtselheft auspackt, und einen älteren Herrn, der sich mit einer dicken Zeitung abmüht.

Ich setze die Kopfhörer auf, schalte mein Smartphone an und muss als Erstes feststellen, dass es in diesem Zug kein WLAN gibt.

Leise fluchend, rufe ich übers Mobilfunknetz die Online-Ausgabe unserer Lokalzeitung auf und finde sofort, was ich suche. Ausführlich wurde über Nesrin und ihr Verschwinden berichtet. Der Artikel ist über eine Woche alt und ich habe ihn schon ein halbes Dutzend Mal gelesen. Zunächst zwei Spalten für die reinen Fakten: Vermisst wird die siebzehnjährige Nesrin Celik. Exzellente Schülerin türkischer Herkunft, niemals irgendwelche Probleme, allseits beliebt und blablabla! Die Zeitung scheint nicht zwangsläufig davon auszugehen, dass sie abgehauen ist, sondern deutet vorsichtig auch die Möglichkeit eines Gewaltverbrechens an. Dann ein Foto, das sie mit Kopftuch und der bescheuerten Seidenbluse zeigt, und ein persönlich gehaltener, verzweifelter Hilferuf ihrer Eltern.

Sie tun mir leid – es muss schrecklich sein, was sie durchmachen. Aber in dieser Angelegenheit bin ich auf Nesrins Seite.

Während ich, das Handy auf den Knien, den Artikel zu Ende lese, nimmt auf der Sitzbank mir gegenüber jemand Platz. Mein abgesenkter Blick registriert zunächst Mokassins aus Wildleder und Beine in ausgebleichten Jeans. Keine Socken. Als ich hochschaue, sehe ich einen mittelgroßen athletischen Typ etwa in meinem Alter. Gebräuntes Gesicht, dunkle Augen, dunkles Haar, Goldkettchen, alles dran. Er trägt ein weißes T-Shirt und darüber eine alte Bomberjacke aus Leder. Sieht ziemlich cool aus. Einen Augenblick starrt er mich gleichgültig an, dann lehnt er sich entspannt zurück und schließt die Augen. Ich betrachte mein Spiegelbild im Abteilfenster und beneide ihn um sein Aussehen. Doch dann denke ich an Nesrin und daran, dass ich in ein paar Stunden eine sehr schöne Freundin haben werde. Ich konzentriere mich auf die Musik aus den Kopfhörern und mache ebenfalls die Augen zu. Als ich sie nach einer Weile wieder öffne, ist der Platz mir gegenüber leer.

Die Zugfahrt dauert knapp vier Stunden. Es ist Mittagszeit und mein Magen hängt durch, als ich endlich in Amsterdam Centraal aussteige. Der Bahnhof ist wie alle anderen großen Bahnhöfe auch. Überall kracht und zischt es. Die stickige Luft riecht nach Schweiß, Abgasen und Fast Food. Das Innere der Halle besteht hauptsächlich aus Glas und Metall und alle Menschen um mich herum haben es eilig. Massen von Touristen, die zu den Bahnsteigen hasten und durcheinanderschreien, viele jung und mit Rucksack, so wie ich. Dazu afrikanische Dealer, deutsche Schulklassen und jede Menge Security.

Und auf einmal dringt von irgendwo klassische Klaviermusik durch den Lärm. Überrascht drehe ich mich um. Mitten in der Bahnhofshalle steht ein schwarzer Flügel, auf dem ein Mann spielt, der nicht wie ein Konzertpianist aussieht. Nach wenigen Minuten hat er sein Stück beendet, steht auf und geht. Die Reisenden um ihn herum applaudieren. Aus der Menge löst sich eine junge Frau, die auf dem Schemel Platz nimmt und Ragtime-Musik spielt. Irgendwie entspannt, diese Holländer.

Ich brauche dringend was zu essen, orientiere mich an den Hinweisschildern und finde eine riesige Wand von Automaten, die Fast Food und Gebäck enthalten. *Eten uit de muur*, auch sehr holländisch. Ich ziehe mir eine Frikandel mit Kroketten und ein paar Poffertjes und setze mich Richtung Ausgang in Bewegung. Die Frikandel ist so was wie der holländische Nationalsnack. Mein Vater behauptet, dass wirklich niemand weiß, was dadrin ist, und mich interessiert es auch nicht. Ich denke an Arni Goldbergs Fastfoodregel Nr. 1: »Mit Senf geht alles«, und verputze das Teil.

Als ich auf den Bahnhofsvorplatz raustrete, hat sich das Wetter verschlechtert. Riesige graue Wolken hängen über der Stadt und dämpfen meine Stimmung ein wenig. Spätestens in einer halben Stunde fängt es an zu schütten. Kein Problem, bis dahin habe ich alles erledigt. Ich suche auf dem Smartphone das Foto von Nesrins Zettel und schaue den Straßennamen nach. Ein Blick auf Google Maps zeigt mir, dass die Egelantiersstraat Nr. 12 im Stadtteil Jordaan liegt und in zehn Minuten zu Fuß zu erreichen ist. Man kann auch mal Glück haben, denke ich und mache mich auf den Weg.

Mein Handy leitet mich in ein gemütliches Viertel, in dem sich alte Häuserfronten mit bunten Giebeln und moderne Fassaden abwechseln. In den schmalen Straßen sind sehr viele junge Leute und Kinder unterwegs. Alle scheinen jede Menge Zeit zu haben. Überall gibt es Cafés, Eckkneipen, flippige Coffeeshops und Antiquitätenläden. Und unzählige Fahrräder, die vorzugsweise da abgestellt sind, wo

Schilder mit der Aufschrift *Geen fietsen plaatsen* das ausdrücklich verbieten. Nach fünfzehn Minuten stehe ich in der Egelantiersstraat vor dem Haus mit der Nummer 12. Es ist ein graues Gebäude mit hohem Giebel und einer schönen alten Haustür aus Massivholz, in die die Jahreszahl 1860 eingeschnitzt ist. Auf dem Klingelschild steht kein Name und ich merke, dass mich das rein gar nicht überrascht. Ich schelle zweimal und warte geduldig. Der Himmel über mir hat sich weiter verdunkelt. Fünf Minuten vergehen, dann drücke ich noch mal auf den Knopf. Was, wenn niemand zu Hause ist? Vielleicht sind die Bewohner verreist. An diese Möglichkeit habe ich nicht im Traum gedacht.

Als ich ein drittes Mal klingeln will, wird die Tür abrupt geöffnet und eine Frau starrt mich misstrauisch an. Sie hat schulterlanges eisgraues Haar und ein wettergegerbtes Gesicht, das mich an einen runzligen Apfel denken lässt. Ihre schmale Gestalt steckt in einem bunten, langen Batikkleid, das sehr hippiemäßig aussieht. Alles an ihr ist alt – bis auf die Augen. Sie sind blau und wach. Sehr kühl. Kanoniersaugen. Keine Ahnung, woher ich das Wort habe, aber es passt. Die Frau schaut wie jemand, der es gewohnt ist, über weite Flächen hinweg auf etwas zu zielen.

»*Goede middag*«, sage ich und bin mit meinem Niederländisch auch schon am Ende. »Sprechen Sie Deutsch oder Englisch?«

Ihre Augen verengen sich zu schmalen Schlitzen. »Tun das nicht alle Holländer?«

Das hier fängt irgendwie nicht gut an. Eine Stimme ganz hinten in meinem Kopf mahnt zur Vorsicht.

»Ich bin Ben«, sage ich. »Nesrin hat mir Ihre Adresse gegeben. Nesrin Celik.«

Die Frau antwortet nicht, sondern starrt mich weiter an. Ich will mein Handy aus der Tasche ziehen, aber vielleicht ist es besser, ihr den Originalzettel zu zeigen. Ich hole ihn raus und strecke ihr das Stück Papier entgegen. Sie wirft einen Blick darauf und ihre Gesichtszüge entspannen sich ein wenig. Aus irgendeiner Tasche ihres altmodischen Kleides fördert sie ein sehr modernes Smartphone zutage und mit wenigen Wischbewegungen findet sie offenbar das Foto von mir, das Nesrin ihr geschickt hat. Ihr Blick wandert vom Display zu meinem Gesicht und zurück. Dann nickt sie. »Komm rein.«

Ich folge ihr durch einen langen dunklen Korridor, zu einer großen Tür, die ebenso massiv und solide aussieht wie die Haustür. Die Frau stößt sie auf. Hellgraues Tageslicht und eine farbenfrohe Blütenpracht blenden mich. Ich habe von diesen verborgenen Amsterdamer Gärten gehört, die sich hinter manch nüchterner Hausfassade finden lassen, aber noch nie einen gesehen. Vor mir entfaltet sich auf ungefähr siebzig Quadratmetern ein sorgfältig gestylter und gepflegter Minipark, wie er in den Hochglanzmagazinen meiner Mutter abgebildet sein könnte. Rosen, Tulpen, Orchideen, eine winzige Rasenfläche, sogar Obstbäume. Ich verstehe nichts von Gartenkunst, aber was ich sehe, gefällt mir. Die Frau zeigt auf ein paar Rattanstühle, die um einen Tisch herum auf einer putzigen kleinen Grasnarbe stehen. Wir setzen uns. Noch immer sagt sie nichts.

Ich deute mit einer kurzen Handbewegung auf die kleine Oase um uns herum und dann in den grauen Himmel. »Es ist sehr schön hier und ich würde gerne noch ein bisschen bleiben, aber ich habe es eilig. Ich muss Nesrin finden. Bitte sagen Sie mir, wo sie ist.«

Über den Himmel zucken helle Blitze und ich spüre die ersten Regentropfen auf der Haut. Die alte Frau schüttelt ihre graue Haarmähne. Dann sieht sie mir direkt in die Augen. »Das kann ich nicht«, sagt sie. »Nesrin ist hier nicht angekommen. Wir warten seit zwei Wochen auf sie. Niemand hat sie gesehen.«

FÜNF

Ich höre die Worte, aber irgendwie dringen sie nicht zu mir durch. Es kann an dem Donnergrollen liegen, das in diesem Augenblick den Innenhof erfüllt und eindeutig bedrohlich klingt, doch das glaube ich nicht. Es ist mein Gehirn, das sich weigert, die Bedeutung der Sätze zu akzeptieren. Sie überhaupt hereinzulassen. Wie gefroren stehen sie zwischen uns in der Luft.

Nesrin ist hier nicht angekommen.

Niemand hat sie gesehen.

Heftiger Regen setzt ein und fegt die Worte doch noch in meine Richtung. Die alte Frau beobachtet mich aus ihren eisblauen Augen und schiebt sich eine nasse Haarsträhne aus dem Gesicht. Sie steht auf. *»Kom binnen!«,* sagt sie und wechselt dann wieder ins Deutsche. »Lass uns reingehen!«

Ich folge ihr zurück in den halbdunklen Korridor, von dem eine Reihe Zimmer abzweigen. Sie drückt eine Klinke hinunter und wir betreten einen hellen, geschmackvoll eingerichteten Raum. »Setz dich da in den Sessel. Ich mach' uns Tee.«

Während ich es mir in einem großen Korbstuhl

bequem mache, höre ich sie im Nebenzimmer rumoren. Nach wenigen Minuten kommt sie mit zwei dampfenden Bechern zurück. Sie hockt sich auf das Sofa und stellt den Tee auf dem Couchtisch ab. Mir ist schlecht, Regentropfen rinnen aus meinen Haaren in den Hemdkragen. Bevor sie wieder anfängt, mich anzustarren, beschließe ich, den Anfang zu machen.

»Wie heißen Sie?«

»Lily.«

»Nur Lily?«

»Lily reicht.«

Ich nicke und warte, bis der Krampf in meinem Magen nachlässt. »Nesrin hat vor vierzehn Tagen gesagt, dass sie von zu Hause abhauen will. Dann hat sie mir den Zettel gegeben und gesagt: *Wenn du nach Amsterdam kommst, geh zu dieser Adresse. Dort wohnt eine Frau, die dir sagt, wo ich bin …* Okay, diese Frau sind Sie. Und ich bin hier. Wo ist Nesrin?«

»Ich weiß es wirklich nicht. Sie hat vor Monaten mit uns Kontakt aufgenommen und den Freitag vor zwei Wochen als Ankunftstag genannt. Es war alles sorgfältig geplant. Wir hätten sie von der Centraalstation abgeholt, aber das wollte sie nicht.«

»Wer ist wir?«

»Ein paar Freundinnen und ich. Wir sind ein privates Netzwerk, das Mädchen und Frauen hilft, die in ihren Familien nicht bleiben können. Es gibt uns auch in Hamburg und Berlin. Mehr musst du nicht wissen.«

»Warum ist Nesrin abgehauen?«

»Wenn *sie* es dir nicht erzählt hat, werde ich es sicher auch nicht tun.«

Der Satz fühlt sich an wie eine Ohrfeige und ich habe Mühe, nicht zusammenzuzucken. Es stimmt. Nesrin hat mit mir über den Grund nicht sprechen wollen. Weil sie mir nicht zugetraut hat, ihr helfen zu können?

Die alte Frau ist noch nicht fertig. »Warum reist du ihr hinterher? Was willst du von ihr?«

»Nesrin wollte das. Sonst hätte sie mir den Zettel nicht gegeben.«

»Was genau hat sie gesagt: *Wenn du mal nach Amsterdam kommst, geh zu dieser Adresse …? Oder hat sie gesagt: Ich haue ab, komm so schnell wie möglich nach?!*«

Ich schüttele benommen den Kopf und versuche, den Tiefschlag zu verdauen. Die Alte hat den Nagel auf den Kopf getroffen. Nesrin hat mir nicht vertraut und ich habe ihre Worte so interpretiert, wie ich sie verstehen *wollte*. »Möchtest du nicht antworten?«

»Waren Sie früher mal bei der Inquisition?«

Lily schaut überrascht und lacht dann herzlich. »Nein, ich war bei denen, die froh waren, wenn sie nicht verbrannt wurden.«

»Wie auch immer Sie es drehen – Nesrin wollte, dass ich ihr nachreise, sonst hätte sie mir den Zettel nicht gegeben. Und vor allem hätte sie Ihnen kein Foto von mir geschickt.«

»Touché«, sagt Lily. »Was willst du also tun?«

»Sie suchen. Was sonst?«

SECHS

Als ich das Haus verlasse, schlägt mir Regen ins Gesicht und am Himmel tobt sich das Gewitter aus. Das alte Blau-Auge hat mir angeboten, bis zum Ende des Unwetters bei ihr zu bleiben, aber das wär' auf keinen Fall gegangen. Ihre Art, mich anzusehen, hätte ich nicht einen Augenblick länger ausgehalten. Ich stolpere die kurze Treppe hinunter auf den Gehweg und trete vor Wut gegen ein Fahrrad, das an der Hauswand lehnt. *»Geen fietsen plaatsek!«*, schreie ich in den Regen und ernte erstaunte Blicke von vorbeihuschenden Passanten.

Ich habe mich zusammengerissen, solange es ging, aber jetzt drehen Enttäuschung und Sorge mir den Magen um. Der Regen dringt durch jede Faser meiner Kleidung und ich spüre, was es heißt, buchstäblich bis auf die Haut nass zu werden. Wenn das so weitergeht, bin ich morgen krank. Ich rette mich unter eine überdachte Toreinfahrt, hole mein Handy raus und google das *Stayokay Stadsdoelen*. Die Jugendherberge befindet sich am Kloveniersburgwal 97. Das sind höchstens zwanzig Minuten zu Fuß. Fluchend mache ich mich auf den Weg.

Eine irgendwie gespenstische Dämmerung hat sich herabgesenkt. Das Unwetter scheint einen großen Teil des Tageslichts einfach zu verschlucken. Es sind kaum noch Fußgänger unterwegs und die wenigen Autos haben die Scheinwerfer eingeschaltet. Keine Chance, eines anzuhalten. Mein Rucksack wird immer schwerer. Für einen kurzen Moment denke ich daran, ein Taxi zu rufen, aber bis das kommt, sind mir Schwimmhäute gewachsen.

Fünfzehn Minuten später sehe ich das Hostel. Es handelt sich um ein vierstöckiges großes Gebäude mit hohen Fenstern und einer graubraunen Klinkerfassade. Die braune, weiß eingerahmte Eingangstür ist wie bei vielen Amsterdamer Häusern über eine kurze, von zwei Seiten begehbare Treppe erreichbar. Ich stampfe die vier Stufen hoch, betrete den Eingangsbereich und werde von einer freundlichen, aber energischen Stimme gestoppt. Vor mir steht ein großer Typ, vermutlich um die dreißig, mit langen Haaren und Vollbart. Er trägt Jeans, ein kariertes Flanellhemd und ein breites Grinsen im Gesicht. »Momentje! Bist du Deutscher?«

Ich nicke und versprühe Tropfen.

»Okay, kannst du bitte direkt in die Waschräume gehen und dich da umziehen? Hast du Sachen zum Wechseln?«

Ich ziehe ratlos die Achseln hoch und triefe weiter alles voll.

»Handtücher kosten eigentlich extra, aber ich spendiere dir ein paar. Alles andere machen wir später.«

Er drückt mir einen Stapel in die Hand und ich folge seinem Hinweis zu einer Tür, auf der *showers & toilets* steht. In einer Toilettenkabine pell' ich mich aus meinen nassen Klamotten und finde tatsächlich noch ein paar halbwegs trockene Sachen in meinem Rucksack.

Wenig später buche ich an dem Tresen in dem kombinierten Bar- und Frühstücksraum der Herberge drei Übernachtungen in einem Zehn-Bett-Schlafsaal für Männer. Zwanzig Euro die Nacht ohne Frühstück, aber mit Bettwäsche, wie der Langhaarige in dem Holzfällerhemd extra betont. Wenn ich länger bleiben möchte, sei das kein Problem. Ich schüttele den Kopf. »In drei Tagen habe ich sie gefunden.« *Ach, ja?*

Natürlich versteht er nicht, was ich meine. Ich ignoriere seinen fragenden Blick und schaue mich kurz in dem Gastraum um. Was ich sehe, gefällt mir. Braune Klinkerwände, unverputzt. Aneinandergestellte Tische aus braunem Holz. Eine Anrichte, eine Theke und mitten im Raum ein Billardtisch und ein großes Tischfußballspiel. Es gibt auch eine Sitzecke mit zwei braunen Ledersofas und einem länglichen Couchtisch. An der Wand über der Couch hängt eine alte schwarze Gitarre. An den anderen Wänden sind Automaten mit Softdrinks und Ständer mit Ansichtskarten und Prospekten angebracht. Der Bar-Raum ist voller junger Leute, die entspannt abhängen, in allen möglichen Sprachen miteinander quatschen oder sich mit ihren Handys beschäftigen. Irgendwo im Hintergrund läuft Musik von *Dropkick Murphys.* Niemand interessiert sich für mich. Gut so. Auf dem Tresen informiert ein Schild darüber, dass nur Barzahlung akzeptiert wird. Auch in Ordnung.

Der Mann hinter der Theke zeigt mir, wo ich meinen Rucksack verstauen kann, und führt mich dann zum Schlafsaal. Der sieht ziemlich genauso aus, wie ich es mir vorgestellt habe. Etagenbetten aus Metall, jeweils zwei platzsparend direkt nebeneinandergestellt und durch eine graue Wand aus Resopalplatten voneinander getrennt. Die Matratzen stecken in blauen, abwaschbaren Hüllen. Alles hell, sauber und zweckmäßig, aber auch etwas unpersönlich und nicht gerade gemütlich. Glühbirnen ohne Lampenschirm an der Decke sorgen für Licht.

»Prima«, sage ich, streife die Schuhe ab und lege mich probehalber auf das Bett, das der Herbergsleiter mir zeigt.

»WLAN ist kostenlos, Frühstück gibt's ab sieben und im ganzen Haus herrscht Rauchverbot«, sagt er. »Wenn du Fragen hast, frag mich!«

»Dank u wel!«

Er dreht sich wortlos um, geht raus und macht die Tür hinter sich zu.

Ich schließe die Augen und fühle mich elend und mutlos. Seit einer Stunde ist mir jetzt schon schlecht. Wahrscheinlich werde ich nie wieder was essen können. Auch egal.

Was, um Himmels willen, soll ich tun? Das hat die alte Frau auch gefragt und ich erinnere mich verdammt gut an meine Antwort. Nur, wo in Amsterdam soll ich Nesrin suchen? Die Stadt ist groß und ich weiß noch nicht mal, ob sie wirklich hier ist. *In drei Tagen habe ich sie gefunden.* Habe ich das wirklich gerade zu dem Typen im Flanellhemd gesagt? Der Satz hat schon falsch geklungen, als ich ihn ausgesprochen habe. Was für ein großkotziger Bullshit.

Ich setze mich auf die Bettkante, hole mein Handy raus und rufe das Foto von Nesrin auf, das ich im Bootshaus gemacht habe. Sie sieht umwerfend aus, mit dem übermütigen Grinsen und den Tränen in den Augen, aber das Bild gibt mir den Rest. Ich drücke es weg und wähle Arnis Nummer. Er ist sofort dran.

»Naaa? Schon in Schwww-Schwierigkeiten? Du bist doch heute M-M-Morgen erst los.«

Es gibt Momente, in denen ich ihn erwürgen möchte.

»Ich kann Nesrin nicht finden. Sie ist bei dieser Frau in Amsterdam nicht aufgetaucht.«

Arni schweigt eine Weile. »Mist!«, sagt er dann. Ich warte darauf, dass er weiterspricht, aber mehr kommt nicht.

»Du bist keine große Hilfe.«

»Meinst du, ich kann Antworten ausspucken wie 'ne Scheißpopcornmaschine?«, sagt Arni kühl und ohne jeden Hauch von Stottern. »Erzähl mal genau, was passiert ist.«

Also erzähle ich ihm von der alten Lily, ihrem Netzwerk und dem Unwetter. Und dass ich jetzt ohne jeden Plan auf dem Bett einer Jugendherberge hocke. Arni lässt sich erneut Zeit mit der Antwort, aber dann nimmt sein Gehirn Fahrt auf.

»Okay, lass uns nachdenken. Sie kann überall abhandengekommen oder von ihrem Plan abgewichen sein. Das macht die Sache so schwierig. Korrekt?«

»Korrekt.«

»Also musst du zuerst herausfinden, ob sie überhaupt in Amsterdam angekommen ist. Das grenzt die Suche entscheidend ein.«

»Wie zum Teufel soll ich das rausfinden?«

»Denkst du, dass sie mit dem Zug gefahren ist?«

»Wahrscheinlich. Sie könnte natürlich auch einen Fernreisebus genommen haben.«

»Okay, das wäre Pech. Die meisten von denen halten nicht an der Centraalstation, sondern in Sloterdijk. Konzentrieren wir uns also auf die Züge. Hast du ein Foto von Nesrin in ihrem neuen Outfit?«

»Yep!«

»Okay. Die Chancen sind nicht gerade fabelhaft, aber du kannst Folgendes probieren: So ein großer Bahnhof ist auf den ersten Blick ein Riesengewusel von Menschen, die in ständiger Bewegung sind. Kaum sind sie da, sind sie auch schon wieder weg. Aber es gibt auch Leute, die jeden Tag dort sind und sich meistens acht bis zehn Stunden nicht aus der Bahnhofshalle wegrühren. Das sind die Ladenbesitzer, Polizeibeamte, Securityleute, Bahnmitarbeiter, aber auch Bettler, Dealer und Junkies, die auf allen Bahnhöfen dieser Welt herumhängen. Alle haben aus ganz eigenen Gründen einen sehr wachen Blick dafür, was um sie herum passiert. Zeig ihnen das Bild von Nesrin. Frag, ob jemand sie gesehen hat. Ein Mädchen mit blauen Haaren und rosa T-Shirt, das so auffällig ist wie ein Hering am Weihnachtsbaum.«

Ich schweige und denke über Arnis Worte nach. Eine lange Rede. Und völlig flüssig. Das Stottern kommt und geht, wie es will. Aber er hat recht. Egal, wie gering die Chancen sein mögen, einen besseren Plan gibt es nicht.

»Danke!«

»De na-nada!«, sagt Arni.

SIEBEN

Ich werfe erneut einen Blick auf mein Handy. Es ist beinahe 16.00 Uhr. Ich bin so müde, dass ich einen kurzen Augenblick überlege, ob ich mich ein bisschen hinlegen soll. Aber das kommt nicht infrage. Der Regen hat aufgehört und es wird lange hell bleiben. Ich beschließe, die Bettwäsche abzuholen und danach zur Centraalstation zu laufen.

Der Gastraum hat sich geleert. *Dropkick Murphys* spielen jetzt »Rose Tattoo« und überall riecht es lecker nach Kaffee und Apfelkuchen. Der langhaarige Herbergsvater ist nirgendwo zu sehen, doch er hat neben dem *Cash only*-Schild auf dem Tresen eine Nachricht hinterlassen: »*Will be back in 10 minutes. Don't panic!*«, steht auf einer kleinen Kreidetafel. Also werde ich das Bett später beziehen und mich auf den Weg zum Bahnhof machen.

Die Luft draußen ist noch kühl und feucht, aber sehr belebend. Als ich zwanzig Minuten später die Bahnhofshalle betrete, bin ich wieder ziemlich wach. Ich beginne mit den Ladenbesitzern – Blumenhändler, Tabak- und Zeitungsverkäufer, eine Buchhandlung. Imbissstände, Bäckereien, Wurstwaren, türkische Spezialitäten, eine vietnamesische Garküche, eine Edelboutique und noch etliche mehr. Der Bahnhof ist auch ein großes Kaufhaus.

»Haben Sie in den letzten zwei Wochen dieses Mädchen gesehen? Blaue Haare und ein rosa T-Shirt. Sehr auffällig.« Ich frage auf Deutsch und Englisch und strecke den Leuten dabei mein Handy entgegen. Alle sind freundlich und verstehen, was ich will, aber niemand von ihnen kann sich an ein Mädchen mit blauen Haaren erinnern.

Nach knapp zwei Stunden tun mir die Füße weh und meine Stimmung nähert sich dem Nullpunkt. In einer kleinen Bäckerei suche ich mir einen ruhigen Tisch und bestelle einen großen Becher Kaffee und ein belegtes *broodje.* Noch immer habe ich keinen Hunger, aber ich weiß, dass ich was essen muss. *Sorry, Arni,* denke ich, *aber das hier ist ein echter Scheißplan.*

Trotzdem breche ich wenig später zu einer zweiten Runde auf. Ich frage bei den Infoschaltern der Bahn nach und im Reisebüro, spreche uniformierte Zugbegleiter, Gepäckträger, Securityleute und Polizisten an. Alles vergeblich. Niemand hat Nesrin gesehen. Was ich hier tue, ist völlig sinnlos.

Mittlerweile ist es schon nach acht. Bei der Security findet so eine Art Schichtwechsel statt und ich nutze die Gelegenheit, den neu auftauchenden Wachleuten ebenfalls mein Handy unter die Nase zu halten. Aber sie schütteln nur abweisend den Kopf und beachten mich kaum. Ihre Aufmerksamkeit gilt einem tumultartigen Lärm, der von weiter weg kommt und den permanenten Krach um uns herum überlagert. Laute Stimmen, Geschrei, zersplitterndes Glas.

Die Securityleute greifen beinahe gleichzeitig nach ihren Schlagstöcken und laufen los. Reisende und Passanten weichen ihnen aus, drängen sich an die Schaufenster und bilden eine Gasse, sodass ich jetzt ziemlich gut sehen kann, was abgeht. Fünf Wachleute haben eine Gruppe von vielleicht fünfzehn Punks gestellt, die, unter Johlen und mit Zigaretten und Bierdosen bewaffnet, in die Bahnhofshalle marschiert sind. Sie sind kaum älter als ich und wirken wie aus der Zeit gefallen. Zerlumpte Klamotten, Iros, Springerstiefel, Stachelhalsbänder und so schmutzig wie möglich. Ich hatte gedacht, der Punk sei tot. Egal! Die Wachleute scheinen den Jungs keine besondere Angst einzujagen und offensichtlich haben sie nicht vor, einfach so zu verschwinden. Schimpfworte auf Holländisch gehen hin und her, die Punker recken die Mittelfinger, die Securityleute schwingen ihre Schlagstöcke. Dann fliegt eine Bierdose und trifft einen der Wachmänner am Kopf.

»Jetzt gibt's auf die Fresse«, sagt eine helle Männerstimme hinter mir. Ich drehe mich um und sehe einen mageren Mann in Jeans und grauem Sweatshirt mit dem Logo der Boston University auf der Brust. Sein Deutsch ist akzentfrei. Er hat schütteres Haar, unrasierte eingefallene Wangen und ist die ganze Zeit in Bewegung. Gestikulierende Hände, ständiges Hüpfen von einem Bein auf das andere, Dauerzwinkern mit den Augen. Die Nervosität umgibt ihn wie ein elektrisches Feld. Ich habe noch nie einen Süchtigen auf Entzug gesehen, aber was der Typ hier aufführt, ist das, was Arni den »guten alten Junkie-Shuffle« nennt.

»Komm mal ’n bisschen auf die Seite«, sagt der Fremde. »Das wird hier jetzt ungemütlich.«

Er hat recht. Die Securityleute machen reichlich Gebrauch von ihren Knüppeln, noch mehr Bierdosen sausen durch die Luft und viele Reisende filmen die Randale mit dem Handy. Anfeuerungsrufe werden laut. Für wen sie gedacht sind, kann ich nicht verstehen. Drei von den Punks ist es gelungen, sich von der Schlägerei abzusetzen. Sie laufen direkt auf uns zu.

Der Junkie zieht mich am Ärmel hinter sich her in eine Lücke zwischen zwei Ladengeschäften. Von hier aus können wir beobachten, wie jemand aus der Gruppe der Reisenden einem der Punks ein Bein stellt. Bevor er wieder aufstehen kann, sind zwei Wachleute da und schlagen ihm auf den Kopf.

Mein neuer Bekannter wendet sich gleichgültig ab. »Die Punker kommen einmal im Monat hierher und machen Stunk. Die Security stellt sich drauf ein. Beide Seiten wollen es genau *so* haben.«

»Und was genau willst *du* von mir?«

»Ich habe dich beobachtet. Wie du den Leuten dein Handy gezeigt hast. Und ich habe gehört, dass du ein Mädchen mit blauen Haaren suchst.«

»Stimmt.«

»Kann ich das Bild auch mal sehen?«

Ich hole das Handy raus und zeig ihm das Foto.

»Da kann ich dir helfen«, sagt die Hupfdohle. Er zwinkert mich an, wippt in den Knien und deutet mit Daumen und Zeigefinger an, dass er Geld für die Info will. »Kostet fünfzig Mäuse!«

»Du willst mich verarschen!«

»Nein!« Er schüttelt den Kopf. Das sieht energisch und glaubwürdig aus, nur blöderweise kann er nicht mehr damit aufhören. Während er spricht, geht das Kopfschütteln immer weiter. »Ich kann dir sogar sagen, mit wem sie gegangen ist.«

»Okay.« Ich versuche, meine Aufregung zu verbergen. Fünfzig Euro sind viel Geld, aber wenn er wirklich ... Ich hole mein Portemonnaie heraus und reiche ihm zwanzig. »Den Rest kriegst du, wenn ich mit der Information was anfangen kann.«

Er tritt von einem Bein auf das andere. »Das kannst du, Alter, das kannst du! Sie ist mit Leonardo mitgegangen.«

»Wer ist das?«

»Ein kleiner Gangster und Betrüger. Den kennt hier jeder. Hat seine Finger in allen möglichen Sachen.«

»Wo finde ich diesen Leonardo?«

Der Junkie beugt sich vor und schiebt seinen Kopf dicht an meinen heran. Seine Stimme klingt jetzt so leise und verschwörerisch, dass ich Mühe habe, ihn bei dem Lärm zu verstehen. »Einfach die Augen offen halten, Kumpel. Einfach die Augen auf. Kennst du den Film »The Beach«? Leonardo sieht aus wie der

Typ, der da in Thailand in die Scheiße gerät. Sagt dir das was?«

Ich nicke und starre ihn an, was bei der Zwinkerei nicht einfach ist. Keine Ahnung, ob er mich anlügt. Er hat jetzt angefangen, seinen Speichel zu schlucken. Immer und immer wieder. Unaufhörlich bewegt sich sein Adamsapfel rauf und runter. Ich kann nicht mehr hinsehen. Wahrscheinlich lügt er. Aber es ist eine winzige Chance. Ich gebe ihm das restliche Geld.

ACHT

Am nächsten Morgen beginne ich mit der Suche nach Leonardo. Die Nacht in der Jugendherberge war lausig. Ich habe kaum gepennt, weil ich dauernd an Nesrin denken musste und in dem blöden Schlafsaal bis Mitternacht ein ständiges Kommen und Gehen war. Als ich um neun Uhr den Bahnhof erreiche, fühle ich mich wie durch den Wolf gedreht. Ich frühstücke in einem Stehimbiss und trinke so viel schwarzen Kaffee, wie ich in mich hineinbekomme. Dann schaue ich mir mehrmals bei YouTube den Trailer von »The Beach« an. Ich erinnere mich an den Film, aber ich hatte vergessen, wie jung DiCaprio da aussieht. Ich mache einen Screenshot von ihm und fange an, das Bild herumzuzeigen.

Genau wie gestern streife ich stundenlang durch die Bahnhofshalle, frage nach Leonardo, quatsche Leute an, die nicht wie Reisende aussehen, halte die Augen offen. Ich komme mit ein paar obdachlosen Jugendlichen ins Gespräch, die Leonardo schon mal getroffen haben wollen. Er treibe sich eigentlich oft am Bahnhof herum, sagen sie, aber jetzt sei er schon länger nicht mehr da gewesen. Ja, der Typ sähe tatsächlich wie DiCaprio aus. Also nicht genauso, aber so ähnlich eben. Er tue immer sehr freundlich, aber man könne ihm nicht trauen. Hin und wieder habe er Jobs anzubieten. Keine Ahnung, welche.

Ich habe durchaus ein paar Ideen, um was für Jobs es sich handeln könnte. Ideen, von denen mir übel wird. Die Bilder, die mein Gehirn fluten, haben alle was mit Straßenstrich, Zwangsprostitution und Drogen zu tun. Ein Mädchen mit blauen Haaren im Rotlichtviertel von Amsterdam … Ich reiße mich zusammen und knalle die Tür zum Kopfkino zu.

»Guttte Jobs, auch für läääängerr«, mischt sich jetzt ein blondes Mädchen ein, das Holländisch und Deutsch mit einem osteuropäischen Akzent mischt. »Niemand von denen, die Leonardo vermittelt hat, ist zum Bahnhof zurückgekehrt.«

»Deswegen hat ja auch nie jemand von den Jobs erzählen können«, erwidert ein langer Holländer, dessen blasse Haut zahlreiche Tattoos schmücken. Ich kaufe an einem Imbisstand Pommes für alle und sechs Dosen viel zu teures Heineken, um die Bande noch ein bisschen gesprächiger zu machen, aber viel mehr ist aus den Straßenkids nicht rauszukriegen. Wir trinken das Bier draußen auf dem Vorplatz und ich bin froh über ein bisschen Gesellschaft. Ich erzähle ihnen von Nesrin und bitte sie, mich anzurufen, falls ihnen ein Mädchen mit blauen Haaren über den Weg läuft. Meine Handynummer hinterlasse ich dem langen Holländer mit Kuli auf der Haut. Auf seinen Unterarm hat er **Keep cool & fuck them all** tätowieren lassen. Ich schreibe die Nummer direkt unter das Tattoo, bevor die Gruppe sich zerstreut. Die meisten wollen in den Vondelpark, um sich einen Schlafplatz zu sichern und ein bisschen zu kiffen.

Als alle weg sind, streife ich weiter durch das Innere des Bahnhofs. Eigentlich habe ich die Hoffnung aufgegeben. Ich werde weder Nesrin noch diesen Leonardo finden, aber ich kann nicht aufhören zu suchen. Was ist, wenn er doch auftaucht und ich verpasse die einzige winzige Chance zu erfahren, wo Nesrin ist? Die Straßenkids haben zumindest bestätigt, dass es Leonardo wirklich gibt. Vielleicht hat der Junkie die Wahrheit gesagt und Nesrin ist tatsächlich mit ihm gegangen. *Klar, und vielleicht ist der Mond auch ein grüner Käse,* würde Arni sagen. Ich vermisse ihn.

Mehrmals in den letzten Stunden habe ich daran gedacht, zur Polizei zu gehen und alles zu erzählen. Wenn ich wirklich davon überzeugt wäre, dass Nesrin etwas zugestoßen ist, hätte ich gar keine andere Wahl. Aber, *bin* ich überzeugt davon? Ich weiß es nicht. Was, wenn sie einfach ihre Pläne geändert hat. Vielleicht hat sie unterwegs jemanden getroffen, in den sie sich verliebt hat? Der Gedanke schnürt mir die Kehle zu und ich versuche, ihn wegzuschieben. Es wäre jedenfalls kein Grund, ihr die Polizei auf den Hals zu hetzen. Schließlich ist sie abgehauen, weil sie sich nicht mehr reinreden lassen wollte, oder?

Aber etwas ist falsch an meinen Schlussfolgerungen. Irgendwas entgeht mir. Ich lehne mich mit dem Rücken an eine Schaufensterscheibe und schließe die Augen. Der Bahnhofslärm rauscht vorbei und plötzlich sehe ich es mit absoluter Klarheit vor mir. Was auch immer Nesrin gedacht oder geplant haben mag: Sie hätte die alte Frau darüber informiert.

Hat sie aber nicht, da bin ich ganz sicher.

Lilys Sorge und Unwissenheit waren echt. Davon abgesehen, hätte sie sich auch nicht die Mühe gemacht, mich anzulügen. Die gute alte Lily hätte einfach gesagt: »Nesrin kommt nicht. Mehr musst du nicht wissen.« Und mich dabei auf eine Art angesehen, die selbst Kaltenbach hätte frieren lassen. Bei dem Gedanken, sie mit dem Mathe-Ekel zusammenzubringen, muss ich grinsen. Vielleicht könnten die beiden zusammen ein Kühlhaus aufmachen. Und es nur mit Blicken betreiben …

Nicht lustig. Das Grinsen vergeht mir. Alles läuft darauf hinaus, dass ich morgen früh zur Amsterdamer Polizei gehen und Nesrin als vermisst melden muss. Die holländischen Beamten werden sich an die deutschen Behörden wenden und die an Nesrins Eltern und Familie. Und dann? *Sie werden nach dir suchen. Deine Familie, die Polizei, alle …* Das habe ich im Bootshaus zu ihr gesagt.

Wenn du mich nicht verrätst, werden sie nicht nach jemandem suchen, der so aussieht wie ich, hat sie geantwortet.

Ist das wirklich schon mehr als zwei Wochen her? Und wenn sie gefunden wird und zu ihrer Familie zurückmuss? Wird sie erleichtert sein oder mich bis ans Ende aller Tage verfluchen? *Wenn du mich nicht verrätst …* Überlege ich das alles gerade ernsthaft?

Mein Handy vibriert in der Hosentasche. Ich fische es heraus und lese eine WhatsApp-Nachricht meiner Mutter.

Mom: *Alles okay bei dir? Wo steckst du?*

Ben: *Schaue mir Amsterdam an. Alles bestens!*

Ich hänge noch ein paar Smileys dran und wähle dann Arnis Nummer. Nach dem sechsten Klingeln kommt die Mailbox. »Ruf mich an, sobald du kannst«, sage ich und lasse das Telefon wieder verschwinden. Was für eine Scheiße! Die ganze Situation ist schon schlimm genug, aber dass ich nicht mit Arni darüber sprechen kann, macht mich endgültig fertig. In meinem Kopf flammt ein Schmerz auf, der schnell heftiger wird.

Erst jetzt spüre ich, wie erledigt ich eigentlich bin. Ich muss mich ausruhen, die Beine ausstrecken und, wenn's geht, schlafen. Und vorher vielleicht was essen. Müde und deprimiert, laufe ich raus auf den Bahnhofsvorplatz. Es ist schon dunkel draußen, so dunkel, wie es in einer Großstadt eben wird, und ich beschließe, zum *Stayokay* zurückzukehren. Zwanzig Minuten Fußweg. Für heute reicht es echt.

Auf den Straßen ist noch jede Menge los, aber nach einer Viertelstunde lässt der Trubel nach. Hauptsächlich Gruppen von Jugendlichen kommen mir jetzt entgegen, viele angetrunken oder bekifft, aber alle laut und gut drauf. Ich laufe durch eine schmale

Straße, die nur auf meiner Seite einen Gehweg hat. Links von mir verläuft eine Reihe alter Amsterdamer Stadthäuser, zwischen denen sich jeweils enge Toreinfahrten befinden, die weiß der Himmel wohin führen. Als ich den vierten oder fünften dieser Eingänge passiere, geschieht es.

Kräftige Hände schießen aus der Dunkelheit hervor, reißen mich in die Einfahrt hinein und ich kriege gerade noch mit, dass das Tor zur Straße zugeknallt wird, bevor mir jemand einen Sack über den Kopf zieht. Dann bekomme ich einen Schlag in den Magen und einen aufs Ohr. Ein Tritt in die Kniekehle fegt mich zu Boden, weitere Schläge und Tritte prasseln auf mich ein. Ich bin so überrascht und geschockt, dass ich kaum Schmerzen verspüre, aber ich weiß, dass sie kommen werden.

»Stopp!«, sagt eine noch junge, aber kräftige Stimme und sofort hören die Schläge auf. Stattdessen werde ich hochgezerrt und weiter in die Einfahrt hineingeschubst. Dann wird offenbar eine Tür geöffnet, die ein metallisches Ächzen und Knirschen von sich gibt, ein harter Stoß zwischen die Schultern und ich falle hindurch.

»Zet hem op de stoel«, sagt die Stimme, die gerade das Schlagen gestoppt hat. Sehr unsanft werde ich auf eine Sitzfläche gestoßen und spüre eine Lehne im Rücken.

»Het zak!«

Jemand reißt den Sack von meinem Kopf und ich schließe die Augen. Direkt über mir an der Decke ist eine Neonröhre angebracht, deren grelles Licht die Farbe von Urin hat. Als ich die Augen wieder öffne, steht Leonardo DiCaprio direkt vor mir.

»Du wolltest mich sprechen?«

NEUN

Die Ähnlichkeit ist verblüffend. Der Typ vor mir sieht wirklich aus wie eine junge Version des Schauspielers. Nicht der DiCaprio aus »The Beach«, sondern noch jünger. Aus der Zeit von »Titanic« vielleicht. Den Film habe ich mal mit meiner Mutter angeschaut, um ihr einen Gefallen zu tun.

Sie sind zu viert. Die drei anderen Jungs haben sich hinter Leonardo aufgebaut. Gut angezogene, braun gebrannte Schlägertypen mit tadellos definierten Muskeln unter den T-Shirts und verschlossenen Gesichtern. Im Vergleich zu ihnen wirkt Leonardo harmlos und freundlich. Aber ich fürchte, das ist er nicht. Rasch sehe ich mich um. Ich bin offensichtlich in einer Garage. Unverputzte Wände, über mir eine Betondecke, hinter mir ein rostiges, nach oben schwenkbares Tor, das halb offen steht. Es riecht nach Diesel und auf dem Boden sind große Ölflecken. Nirgendwo ein Fluchtweg in Sicht.

»Schau mich an, wenn ich mit dir rede«, sagt Leonardo. Er holt aus und schlägt mir mit der flachen Hand ins Gesicht. Es ist kein besonders harter Schlag, aber mein Ohr bekommt noch mal was ab und dieses Mal tut es höllisch weh. Falls er die Absicht hat, mir Angst zu machen, ist er sehr erfolgreich dabei.

Ich nicke vorsichtig, was meinem Kopf nicht gut bekommt. »Ich wollte was fragen. Nur fragen. Das hier ist nicht nötig.«

Leonardo fischt ein Päckchen Tabak aus seiner Jeans und fängt an, sich eine Zigarette zu drehen. »Schieß los«, sagt er, gar nicht mal unfreundlich. »Was willst du wissen?« Sein Deutsch hat einen heftigen holländischen Akzent, ist aber gut verständlich.

»Ich suche ein Mädchen mit blauen Haaren. Sehr auffällig. Sie muss vor etwa zwei Wochen hier in Amsterdam an der Centraal Station gewesen sein.«

»Und was habe ich damit zu tun?«

»Jemand hat mir erzählt, sie sei mit dir weggegangen.«

Leonardo zündet seine Zigarette an und runzelt die Stirn. »Wer sagt so was?«

»Irgendein Penner. Kleiner fetter Typ mit Glatze. Stinkt wie 'n Weinfass.« Ich habe nicht vor, den Junkie mit reinzureißen.

»Was willst du von dem Mädchen?«

»Na, was wohl?«, tue ich erstaunt. »Ich steh' auf sie und will sie wiederhaben.«

Leonardo grinst. »Sie ist dir abgehauen?«

»Wenn du es so nennen willst«, sage ich verdrossen.

Leonardo nickt bedächtig und lässt das Grinsen verschwinden. Dann tritt er einen Schritt auf mich zu, greift in meine Haare und reißt meinen Kopf so hoch, dass ich von unten in sein Gesicht starren muss.

»Hör zu, *klootzak!* Ich kenne kein Mädchen mit blauen Haaren. Und wenn es anders wäre, ginge dich das einen Scheißdreck an! Vergiss dieses Mädchen! Hör auf, nach ihr zu suchen, und verschwinde aus Amsterdam! Wenn ich dich noch mal treffen muss, wird dir das hier wie das reinste Wellnessprogramm vorkommen.«

Er lässt meine Haare los und dreht den Kopf zu seinen Leuten. *»Maak hem klaar en gooi hem in het kanaal!«* Als er wieder in meine Richtung sieht, weiten sich seine Augen und auf seinem Gesicht erscheint ein Ausdruck grenzenloser Überraschung. Die Typen hinter ihm schauen genauso. Was zum Teufel ist …

Ich spüre einen Luftzug und höre in meinem Rücken ein lautes metallisches Geräusch, das ich nicht sofort einordnen kann. Dann kapiere ich, dass jemand das Garagentor mit großer Wucht geschlossen hat. Von innen.

»Iyi akşamlar!«, sagt eine freundliche junge Männerstimme.

Ich kann kein Türkisch, aber »Guten Abend« verstehe ich gerade noch.

ZEHN

Leonardo und seine Leute zögern keinen Augenblick. Sie stürmen auf den Fremden zu, stoßen mich dabei samt Stuhl zu Boden und springen über mich hinweg. Ich ziehe den Kopf ein, versuche, mich vor ihren Füßen in Sicherheit zu bringen, krieg' aber noch ein paar Tritte ab, bevor ich es schaffe, zur Wand zu robben und mich mit dem Rücken dagegenzulehnen.

Was ich aus dieser Position zu sehen bekomme, raubt mir den Atem. Erstens habe ich den Überraschungsgast schon mal getroffen und zweitens haben DiCaprio und seine Freunde nicht die geringste Chance gegen ihn. Leonardo selbst, der als Erster bei ihm ankommt, läuft direkt in eine rechte Gerade hinein, die ihn so abrupt stoppt, als sei er gegen eine unsichtbare Wand gelaufen. Er dreht sich taumelnd um und ich sehe einen Schwall Blut aus seiner Nase schießen, die sich seltsam verformt hat. Seine Lippen öffnen sich, aber er bekommt kein Wort heraus. Etwas von dem Nasenblut läuft ihm in den Mund und mit einem würgenden Geräusch spuckt er es aus. Dann kippt er einfach um.

Seine Freunde sind stehen geblieben. Unschlüssig und ratlos. »*Wat een fucking stront*«, knurrt einer von ihnen. Sie verteilen sich im Raum und fangen an, den Fremden zu umkreisen. Der dreht sich mit, behält alle im Auge, scheint aber nicht im Mindesten besorgt zu sein. Er sieht noch genauso gut aus wie vor zwei Tagen im Zug nach Amsterdam. Blütenweißes T-Shirt, Bomberjacke, dunkler Teint, braune Augen und Gelfrisur. Ich ahne, dass er den drei Jungs sehr wehtun wird.

Was jetzt kommt, habe ich schon in Dutzenden von Actionfilmen gesehen. Hätte nur nicht gedacht, es mal live zu erleben. Der Typ mit der Bomberjacke wartet, bis einer der Angreifer sich einen Schritt auf ihn zubewegt, verringert dann seinerseits den Abstand und täuscht eine Gerade zum Kopf an. Leonardos Schläger reißt zur Abwehr die Fäuste hoch und kassiert daraufhin einen Tritt in den Unterleib. Als er sich mit schmerzverzerrtem Gesicht in den Schritt fasst, schlägt ihm der Fremde mit den flachen Händen gleichzeitig auf beide Ohren. Bevor der Holländer zusammensacken kann, wird er gegen seinen Freund geschleudert, der das Gleichgewicht verliert und zu Boden stürzt. Bomberjacke tritt ihm fast beiläufig in den Magen und wendet sich dem dritten Angreifer zu, der abwehrend die Hände hochreckt. »Stopp! Stopp! *Dat is genoeg!*«

Der Fremde nickt und schaut dann zu mir herüber. »Wer von denen könnte wissen, wo Nesrin steckt?«

Ich komme mühsam vom Boden hoch und zeige

auf Leonardo, der immer noch schmerzverkrümmt auf dem Beton liegt.

»Gut. Alle anderen können gehen. Du auch. Warte draußen auf mich und pass auf, dass die auch wirklich abhauen!«

Er öffnet das Garagentor und Leonardos Leute wanken ins Freie. Mir tut vor allem der leid, der den Fremden als Zweiter angegriffen hat. Noch immer umklammern seine Hände den Kopf, und Tränen laufen seine Wangen hinunter. Wenn beide Trommelfelle geplatzt sind, wird er vielleicht nie mehr etwas hören können.

Ich schüttele den Gedanken ab und wende mich Bomberjacke zu. »Was hast du vor?«

Keine Antwort.

»Ich hab' dich was gefragt!«

»Willst du Nesrin finden?«

Ich nicke stumm.

»Dann geh mir nicht auf den Senkel!«

Er deutet auf das offene Tor und ich spüre, wie ich von Augenblick zu Augenblick wütender werde. Der Typ hat mich aus einer üblen Lage befreit, aber ich glaube nicht, dass dies der Beginn einer wunderbaren Freundschaft ist. Trotzdem tue ich, was er sagt, und sehe Leonardos Leute auf die Straße humpeln. Die Einfahrt ist vielleicht zwanzig Meter lang und gerade so breit, dass ein Pkw hindurchpasst. Die alten Häuser links und rechts sind still und nur wenig beleuchtet. Hinter mir wird das Garagentor geschlossen. Ich weiß, was er vorhat, und ich hasse es.

Wer zum Teufel ist das? Ein Türke? Vermutlich, warum sollte er sonst auf Türkisch einen guten Abend wünschen. Andererseits spricht er Deutsch wie ein Muttersprachler. So wie Nesrin, die er offenbar kennt. Er hat ihren Namen ins Spiel gebracht, ohne dass ich ihn vorher genannt hätte, und weiß, dass ich sie suche. Und er ist mir gefolgt. Er war im Zug und er war hinter mir, als sie mich in diese Einfahrt gezerrt haben. Es gibt für das alles nur eine ebenso einfache wie unerfreuliche Erklärung: Er sucht Nesrin ebenfalls und hat sich deshalb an meine Fersen gehängt. Und er ist kein bisschen zimperlich. Hinter mir höre ich einen lang gezogenen Schmerzensschrei, der abrupt abbricht.

Mir ist schlecht und mein Kopf dröhnt von dem Schlag aufs Ohr. Für einen kurzen Augenblick will ich einfach nur weg von hier. Doch abhauen kommt nicht infrage. Der Typ weiß wahrscheinlich, in welchem Hostel ich wohne, und ich traue ihm zu, mich überall zu finden. Vor allem aber will ich wissen, warum er mir folgt und was er aus Leonardo herausbekommen hat.

Wenige Minuten später höre ich seine Schritte, obwohl er sich sehr leise bewegt.

»Lass uns hier verschwinden«, sagt er und geht an mir vorbei auf das Tor zu. Ich hab' Mühe, ihm zu folgen, was er mit Sicherheit beabsichtigt. Wir treten hinaus auf den Gehweg und machen uns aus dem Staub. Es fällt mir immer noch schwer, mit seinem Tempo mitzuhalten. Jeder einzelne Muskel tut weh, mein Kopf droht zu explodieren und meine Rippen schmerzen beim Luftholen. Nach einem halben Kilometer wird er langsamer.

»Wir müssen reden.«

»Allerdings! Wer, zum Henker, bist du?«

»Ich heiße Erol.«

»Und was hast du mit Nesrin zu tun?«

»Ich bin wahrscheinlich der Grund, warum sie abgehauen ist.«

ELF

»Warum wundert mich das nicht?« Der Satz rutscht mir einfach so heraus.

Erol bleibt stehen und starrt mich an. »Du reißt das Maul ganz schön auf. Hast du nicht gerade gesehen, was einem so alles passieren kann?«

Ich beiße mir auf die Zunge und verfluche meine Unbeherrschtheit. Dieser arrogante Arsch geht mir maßlos auf den Sack, aber natürlich ist es der falsche Zeitpunkt, sich mit ihm anzulegen.

»Sorry«, sage ich, »war nicht so gemeint.«

»Doch! War es! Ist aber egal!« Erol grinst spöttisch und zeigt auf eine Bank. »Wollen wir uns dahinsetzen?«

»Nein. Es ist schon halb zwölf. Wenn ich bis Mitternacht nicht im Hostel angekommen bin, lassen die mich nicht mehr rein. Wir müssen wohl beim Gehen reden.«

»Zumindest haben wir dasselbe Ziel. Ich bin gestern Nachmittag im *Stayokay* eingecheckt. Als du im Bahnhof unterwegs warst.«

Auch das noch. Ich habe nicht die geringste Lust, mit diesem Typ in einem Schlafsaal zu übernachten.

Eine Weile laufen wir nebeneinanderher. Dann gebe ich mir einen Ruck.

»Wieso ist Nesrin deinetwegen abgehauen?«

»Ihre Eltern wollen, dass sie mich heiratet.«

»Ach, du Scheiße!« Irgendwie habe ich so was geahnt.

Erol nickt nachdenklich. »Meine Eltern wollen das auch!«

»Und jetzt bist du unterwegs, um deine zukünftige Frau wieder einzufangen?!«

Erol sieht mich verständnislos an. »Bist du bescheuert? Ich will ihr sagen, dass aus der Heirat nichts wird! Deshalb bin ich nach Deutschland geflogen: um mit ihr zu besprechen, wie wir aus der Nummer wieder rauskommen.«

Ich bin so überrascht, dass mir erst mal überhaupt nichts einfällt. Als ich dann weiß, was ich sagen will, spielt meine Stimme nicht mit. »Am besten, du erzählst mal von vorn«, krächze ich.

»Ach ja? Das wüsste ich aber!«, knurrt Erol. »Was ich mit Nesrin zu tun habe, geht dich einen Scheiß an!«

Große Güte, was für ein Kotzbrocken! Ich kann mich nicht erinnern, jemals so wütend gewesen zu sein. Dennoch reiße ich mich zusammen. »Okay! Auch egal! Für mich zählt nur, ob der Typ in der Garage dir gesagt hat, wo Nesrin ist!«

»Hat er.«

»Einfach so?«

»Ich habe ihm gut zugeredet.«

»Du meinst, du hast ihn misshandelt?«

»Eigentlich nicht«, sagt Erol nachdenklich. »Seine Nase war gebrochen. Ich habe ihm angeboten, sie wieder zu richten, wenn er mir sagt, wo Nesrin ist. Als Gegenleistung sozusagen. Aber als ich mit den Fingern nur in die Nähe der Nase gekommen bin, hat er schon geschrien. Etwas undankbar, oder? Jedenfalls hat er mir erzählt, was ich wissen wollte. Dafür, dass ich von der Nase wegblieb.«

»Du bist ein wirklich netter Mensch.«

»Klar! Weißt du übrigens, was komisch ist? Der Typ hat mich die ganze Zeit an einen Schauspieler erinnert. Also jetzt mal von der Nase abgesehen, sieht er aus wie irgend so ein Hollywoodfuzzie. Ich komm' nur nicht auf den Namen.«

»Okay, das reicht!«, fauche ich ihn an. »Wenn du jetzt nicht sofort damit rausrückst, wo Nesrin steckt, werde ich stinksauer!« Ich bin kurz davor, auf ihn loszugehen, egal, wie das endet.

»Bloß nicht! Es macht mir schon den ganzen Abend Sorge, dass du böse werden könntest«, lacht Erol und zwinkert mir zu. Dann sieht er, wie wütend ich tatsächlich bin, und schaltet einen Gang zurück. »Jetzt kühl dich mal runter. Was ich zu erzählen habe, ist schwer genug zu verdauen.«

»Was hat dieses Schwein mit ihr gemacht?«

»Das habe ich ihn auch gefragt. Und willst du wissen, was der Dreckskerl geantwortet hat?«

Nein, das will ich natürlich *nicht* wissen. Der Arsch reizt es wirklich aus! Bei der nächsten Provokation wird es mit meiner Selbstbeherrschung vorbei sein. Ich schlucke all meine Wut und Angst hinunter und zische: »Ja!«

»Er sagte: Ich habe überhaupt nichts gemacht, außer ihr einen Bombenjob zu besorgen!«

ZWÖLF

»Was für ein verlogener Drecksack! Glaubst du das etwa?«

Erol zuckt mit den Achseln. »Ich weiß es nicht. Er hatte furchtbare Angst vor weiteren Schmerzen. Eigentlich zu viel Angst, um zu lügen. Hör dir die ganze Geschichte an. Angeblich hat er Nesrin im Bahnhof angesprochen und gefragt, ob sie in kurzer Zeit sehr viel Geld verdienen wolle. Erst hat sie ihn wohl abblitzen lassen, aber er hat sie so lange vollgequatscht, bis sie schließlich zuhörte. Es ging um die Mitarbeit bei einem Forschungsprojekt.«

Erol bleibt stehen, um seine Hosentaschen zu durchsuchen, und holt umständlich eine Packung Kaugummi heraus. Als er aufschaut und sieht, wie wütend mich die Unterbrechung macht, beeilt er sich tatsächlich weiterzusprechen.

»Okay, okay, hier ist die Kurzfassung: In der Nähe von Amsterdam gibt es ein Institut für psychologische Studien, das dauernd Versuchspersonen braucht. Nach seinen Worten sind dort junge Menschen aus allen möglichen Ländern untergebracht, die sich von morgens bis abends irgendwelchen Tests unterziehen. Hauptsächlich Leute, die besonders was auf dem Kasten haben. Angeblich werden sie bezahlt dafür, dass sie sich ein Jahr da aufhalten und diese Untersuchungsreihen über sich ergehen lassen. Er hat versucht, ihr dieses Institut schmackhaft zu machen. Hat was erzählt von gutem Essen, Einzelzimmer, WLAN usw., bis sie schließlich zugestimmt hat, sich das mal anzusehen. Er sagt, er hätte sie zu diesem Institut begleitet und eine kleine Provision für die Vermittlung kassiert. Das war's schon.«

»Und wo ist dieses Institut?«

»In einem Schloss südöstlich von Amsterdam.«

»Und da ist Nesrin jetzt?« Das geht mir alles nicht schnell genug.

»Behauptet jedenfalls der Typ mit der veränderten Nase«, sagt Erol gleichmütig.

Ich verstehe nicht, wie er es schafft, so ruhig zu bleiben. Die irre Wendung, die Nesrins merkwürdiges Verschwinden genommen hat, setzt bei mir so viel Adrenalin frei, dass ich kaum einen klaren Gedanken fassen kann. Was nicht heißt, dass ich völlig verblödet bin. Irgendwas passt hier überhaupt nicht zusammen. Ich bleibe abrupt stehen und fasse Erols Schulter. »Das ist doch Schwachsinn. Wenn er bloß einen Job vermittelt hat, wieso geht er dann mit drei Leuten auf mich los, als er erfährt, dass ich wegen Nesrin nach ihm suche?«

Erol nickt. »Das hätte ich ihn noch fragen sollen.«

»Und was machen wir jetzt?«

»Wir schauen uns den Laden morgen an!«

DREIZEHN

Am nächsten Tag besteigen wir im Hafen von IJburg ein Fährboot, das uns zum Wasserschloss bringt. Es handelt sich um ein fantastisch erhaltenes, großes Anwesen aus dem 14. Jahrhundert, das komplett von einem Graben umgeben ist und auf einer parkähnlichen Insel liegt. Über den Graben führt eine steinerne Brücke. Hohe Türme und Mauern, Zinnen und Wehrgänge lassen Erol und mich an das Gleiche denken. »Sieht aus wie bei ›Game of Thrones‹«, sagt er. Dafür dass ich ihn nicht ausstehen kann, haben wir eine erstaunlich gemeinsame Wellenlänge.

Wir sind am Abend vorher gerade noch so ins *Stayokay* reingekommen. Der Mann im Flanellhemd hat uns eine hübsche kleine Predigt auf Holländisch gehalten, weil er unseretwegen noch einmal aufschließen musste. Danach sind wir sofort ins Bett gegangen und trotz der Aufregung habe ich geschlafen wie ein Stein. Nach dem Aufwachen wollte ich Arni anrufen, aber wieder hat sich nur die Mailbox eingeschaltet. Was ist da los? Ich schreibe ihm eine SMS und eine WhatsApp-Nachricht: *Ruf mich an, verdammt.*

Es sind noch nicht viele Touristen da. Wir stellen uns in die kurze Schlange an der Kasse, und als wir an der Reihe sind, kaufe ich bei einem alten Mann zwei Eintrittskarten für die Schlossbesichtigung. Erol deutet mit dem Zeigefinger auf das Schild an der linken Seite des Torbogens, auf dem »Institute for High-Level-Potentialities Research« steht, und grinst den Alten freundlich an. »Wir würden auch diesem Institut gerne einen Besuch abstatten. Eine Freundin von uns hält sich dort auf. Kostet das extra?«

Der Mann schüttelt energisch den Kopf. »Das Institut ist Privatbesitz. Der Zugang ist nicht gestattet. Wer sich da rumtreibt, bekommt eine Anzeige und jede Menge Ärger!«

Ich weiß nicht, warum, aber irgendwie habe ich genau mit so was gerechnet. Erol nickt gelassen. »Okay, *dank u wel!*« Dann dreht er sich halb zu mir und flüstert: »Plan B!«

Zusammen mit einer Gruppe von vielleicht dreißig Touristen gehen wir durch das Tor und betreten einen riesigen Innenhof. Von hier wirken die Mauern sehr hoch und schwer einnehmbar. Die ganze Burganlage sieht in der Vormittagssonne besonders herausgeputzt und gediegen aus, was den kulissenhaften Eindruck noch verstärkt.

Wir halten uns an die Gruppe, die brav hinter ihrem Guide, einem sprachgewandten jungen Holländer hertrabt. Er erklärt zunächst die historischen Besonderheiten des Schlösserbaus im späten 14. Jahrhundert, erläutert die Bedeutung der Türme und Zinnen sowie des Wassergrabens für den Verteidigungsfall und beschreibt die diversen kleinen Handwerksbetriebe, die innerhalb der Schlossanlage tätig waren. Es dauert eine satte halbe Stunde, bis er all diese Informationen auf Holländisch, Englisch und Deutsch heruntergerasselt hat. Dann will er auch noch wissen, ob Gäste aus Frankreich anwesend sind, was zum Glück nicht der Fall ist. Dafür erkenne ich einige asiatisch aussehende Touristen und hoffe inständig, dass der Typ nicht auch noch Japanisch spricht. Meine Nerven liegen blank.

Während der Bootsfahrt von IJburg hierher haben Erol und ich überlegt, was wir tun, wenn man uns auf normalem Weg nicht hineinlässt. In diesem Fall wollen wir zusammen mit den anderen Touristen das Schloss besichtigen, uns dann von der Gruppe absetzen und dieses merkwürdige Institut auf eigene Faust besuchen. Jetzt stehen wir immer noch auf dem Burghof herum. Plan B zieht sich in die Länge.

Erol verdreht vor Ungeduld die Augen und flucht leise vor sich hin. Auch ich werde immer nervöser und der bittere Kaffee, den ich heute Morgen im *Stayokay* getrunken habe, verursacht eine leichte Übelkeit. Wo in dem riesigen Gebäude mag dieses Institut untergebracht sein? Wenn Leonardo nicht gelogen hat, kann ich Nesrin in ein paar Minuten in die Arme nehmen. Sie wird erschrecken, wenn sie Erol sieht, aber das erkläre ich ihr schon. Vielleicht kann ich sie überreden, mit mir nach Amsterdam zurückzukehren. Vielleicht, vielleicht, vielleicht!

»Meine Damen und Herren, wenn Sie mir jetzt bitte ins Innere des Gebäudes folgen wollen, das im Stil des 17. Jahrhunderts restauriert worden ist.«

Und ob wir das wollen. Wir besichtigen einen prachtvollen Festsaal mit einem Fußboden, der wie ein riesiges Schachbrett aussieht, zahllose Schlafgemächer, die große Schlossküche, Gefängniszellen und Waffenkammern, und während der Fremdenführer ohne Punkt und Komma über unsere Köpfe hinwegredet, suchen unsere Augen unablässig nach einem Hinweis auf das Institut, das sich vermutlich in einem der oberen Stockwerke befindet.

Erol sieht das Schild zuerst, zerrt an meinem Arm und zeigt auf eine Tafel am Aufgang einer steinernen Treppe, die auf unserer linken Seite in großen Bögen nach oben führt. *»Institute for High-Level-Potentialities Research« GEEN TOEGANG/NO ADMITTANCE,* steht darauf.

Endlich! Die Touristengruppe schiebt sich auf dem Rückweg von der Waffenkammer in Richtung Festsaal an dem Treppenaufgang vorbei. Erol und ich bleiben ein wenig zurück und huschen dann mit ein paar schnellen Sätzen die Stufen hinauf. Die Treppe endet vor einer großen, modernen Glastür, die perfekt in das mittelalterliche Gemäuer eingelassen ist. Dahinter befindet sich ein fensterloser, aber hell erleuchteter langer Korridor mit edlem Parkettfußboden, von dem links und rechts Zimmer abzweigen.

Erol wirft mir einen fragenden Blick zu, und als ich nicke, drückt er die Klinke herunter. Die Tür ist verschlossen. »Wir können klingeln«, sagt er und zeigt auf einen Knopf an der linken Türseite.

»Nicht nötig.« Aus einem der Zimmer am Ende des Ganges kommt ein Mädchen mit langen blonden Haaren auf uns zu. Achtzehn, vielleicht zwanzig Jahre, schätze ich. Sie trägt Jeans und eine ärmellose Bluse. Ihren Hals ziert ein großes Spinnennetz-Tattoo, Augenbrauen und Nasenflügel sind gepierct. Als sie uns erreicht, drückt sie auf eine Taste in der Wand und die Glastür schwingt geräuschlos auf. Das Mädchen verschränkt die Arme vor der Brust und sieht uns aus braunen Bambi-Augen mit milder Neugier an. Trotz ihres etwas krassen Körperschmuckes hat sie eine sehr sanfte Ausstrahlung. »Ihr seid die beiden Neuen?«

»Sieht man das sofort?«, frage ich.

»Irgendwie schon. Aber um ehrlich zu sein, ich weiß, dass noch zwei Gäste erwartet werden. Ich selbst bin auch erst seit drei Tagen hier. Ich heiße übrigens Linda.«

»Hi, Linda«, sagt Erol. »Dürfen wir reinkommen?«

»Klar.« Sie macht Platz und wir betreten den Flur. Linda zeigt auf die erste Bürotür auf der linken Seite. »Ihr müsst euch im Sekretariat anmelden. Ich kann mal schauen, ob jemand da ist.« Sie klopft, wartet einen Augenblick und öffnet dann die Tür. »Mrs Davis?« Keine Antwort.

»Niemand da«, sagt Linda überflüssigerweise. »Komisch! Mir hat man erzählt, dass sie praktisch dauernd hier ist. Manche behaupten, sie hätte in diesem

Büro ein Klappbett. Das Beste wird sein, wenn ihr einfach hier auf sie wartet.«

»Kennst du dich in dem Institut schon einigermaßen aus?«, will ich wissen.

»Geht so. Auf diesem Flur sind nur Büros, Konferenzräume und die Zimmer, in denen die Tests stattfinden. Die gehen bei mir erst morgen los. Die Gästeappartements und Gemeinschaftsräume befinden sich ein Stockwerk höher. Ein paar von den Ärzten und Psychologen wohnen dort auch. Hab' ich jedenfalls gehört.«

»Wir möchten da oben gerne jemanden besuchen«, sagt Erol. »Eine Freundin von uns. Nesrin Celik. Sie hat uns erst auf die Idee gebracht hierherzukommen. Ein Mädchen mit blauen Haaren. Leicht zu erkennen.«

Linda schüttelt den Kopf. »So jemanden gibt es hier nicht. Aber ich muss jetzt los. Meldet euch bei Mrs Davis und Dr. Van Beek. Dann geht alles seinen Gang.«

Linda ist schon durch die Glastür, als sie sich noch einmal umdreht: »Und bitte drückt mir die Daumen!«

»Wofür?«, frage ich.

»Für die Tests morgen. Das hier ist die Chance meines Lebens!«

Ich warte, bis ihre Schritte auf der Treppe nicht mehr zu hören sind, dann öffne ich die Tür zum Sekretariat. Erol nickt mir zu. »Ich passe auf. Wenn jemand kommt, krieg' ich einen Hustenanfall.«

VIERZEHN

Ich lasse die Tür hinter mir halb offen stehen und schlüpfe in das Büro. Keine Ahnung, was ich erwartet habe, aber der Raum ist eine Enttäuschung. Ein aufgeräumter Schreibtisch mit einem großen Monitor drauf, Aktenschränke, keine Fenster, helles Neonlicht. Alles Standard, nichts Geheimnisvolles. Ich gehe um den Schreibtisch herum und werfe einen Blick auf den dunklen Bildschirm, der aufleuchtet, als ich auf die Stand-by-Bildschirmtaste drücke: ENTER PASSWORD. Okay, das wäre jetzt zu schön gewesen.

So schnell ich kann, blättere ich die wenigen Geschäftspapiere durch, die auf dem Schreibtisch liegen, alle in Holländisch oder Englisch und völlig uninteressant, soweit ich das überblicke. Dann entdecke ich ein Blatt in DIN-A4-Format, das in zwölf Felder unterteilt ist.

Draußen auf dem Flur fängt Erol an zu husten.

In jedem der durchnummerierten Felder ist ein Name mit Geburtsdatum eingetragen. *Das ist eine Art Belegungsplan,* schießt es mir durch den Kopf.

Erols Husten wird schlimmer.

Mein Blick rast über die Liste. Nesrins Name ist

nicht dabei. Scheiße! Ist das wirklich alles? Ein dünner Ordner aus Pappe, halb hinter den Monitor gerutscht. Fast hätte ich ihn übersehen. Ich schlage ihn auf und sehe eine Liste mit Adressen und Telefonnummern in sechs europäischen Ländern. Deutschland, Frankreich, Holland, Polen, Spanien, Belgien. Keine Zeit, das Blatt zu fotografieren. Erol scheint auf dem Flur kurz vor dem Ersticken zu sein. Nichts wie raus hier.

Mit zwei Sprüngen bin ich um den Schreibtisch herum und zurück im Flur. Als ich neben Erol zum Stehen komme und die Tür hinter mir zuziehe, erscheint auf dem oberen Treppenabsatz ein großer, dünner Mann in einem hellen Anzug. Er mag vielleicht fünfzig sein, trägt eine dunkle Hornbrille, und als er vor uns steht, sehe ich, dass die Brillengläser so dick sind wie die Böden von Colaflaschen. Die eulenhaften Augen dahinter sind nur vage zu erkennen. Er scheint außerordentlich wütend zu sein. *»Wat doe je hier?«*, giftet er mich an.

»Ich spreche leider kein Holländisch. Könnten wir Deutsch oder Englisch reden?«, frage ich und habe Mühe, meinen Atem wieder unter Kontrolle zu bekommen.

»Oder Türkisch?«, wirft Erol ein, ohne eine Miene zu verziehen.

Der dünne Mann lässt seinen Blick zwischen Erol und mir hin- und herhuschen und wechselt dann ins Deutsche. »Wenn ihr Englisch versteht, hättet ihr auch das Schild lesen können, das den Zutritt zu diesem Teil des Gebäudes verbietet. Das hier ist Privatbesitz! Wie seid ihr überhaupt durch die Tür gekommen?«

»Sie war nur angelehnt«, lüge ich.

Der dünne Mann gibt einen ungläubig resignierten Seufzer von sich und schaut dann gereizt auf seine Armbanduhr. »Okay! Ihr habt zwei Minuten! Ich bin Dr. Van Beek. Was habt ihr hier zu suchen?«

»Wir würden gerne mit jemandem sprechen, der sich zurzeit als Testperson in Ihrem Institut aufhalten soll. Dauert nicht lange!«

»Wer soll das sein?«

»Nesrin Celik«, sage ich. »Siebzehn Jahre alt, Deutsche mit türkischen Wurzeln, blaue Haare. Kennen Sie sie?«

»Blaue Haare? Ganz sicher nicht. Hier gibt es niemanden, auf den diese Beschreibung passt. Nicht mit diesem Namen und schon gar nicht mit der Haarfarbe. Außerdem sind alle unsere Probanden volljährig.«

Ich sehe, wie Erol nach Luft schnappt, und werfe ihm einen warnenden Blick zu, den er offenbar richtig deutet. »Hören Sie«, sagt er betont höflich. »Wir wollen Ihnen nicht auf die Nerven gehen oder irgendwelchen Ärger machen. Es ist nur so, dass wir mit jemanden gesprochen haben, der diese Person hierhergebracht haben will. Er behauptet, er hätte ihr hier einen Job verschafft und sogar eine Vermittlungsgebühr erhalten.«

Dr. Van Beek schüttelt den Kopf. »Da hat man euch

reingelegt. Wir haben zwölf Internatsplätze, wie wir sie nennen. Und so viele Personen sind in der Regel auch hier. Wenn eure Bekannte dabei wäre, wüsste ich das.«

»Ja … wahrscheinlich.« Ich gebe mir Mühe, meine Enttäuschung zu verbergen. Erol nickt. »Der Mistkerl hat uns angelogen. Trotzdem … wäre es vielleicht möglich, mit ein paar Leuten hier zu reden?«

»Nein, alle sind äußerst beschäftigt. Das gilt übrigens auch für mich. Und deshalb will ich, dass ihr jetzt auf der Stelle verschwindet!«

Dr. Van Beek deutet mit ausgestrecktem Zeigefinger in Richtung Treppe. Ohne weiteren Kommentar machen wir uns davon. Als ich mich auf der obersten Stufe noch einmal umdrehe, sehe ich, dass er ein Handy gezückt hat und hastig eine Nummer eintippt. Wir beeilen uns, in das Untergeschoss zu kommen, wo der offizielle Teil der Besichtigung bereits beendet ist. Der junge Fremdenführer ist verschwunden, die Touristen stehen in kleinen Gruppen beieinander und bestaunen einzelne Rüstungen und die prachtvollen Wandteppiche. Einige Kinder liefern sich mit den im Mittelaltershop erworbenen Holzschwertern heftige Gefechte. Die Stimmung um uns herum ist laut und ausgelassen, was ich von meiner eigenen nicht behaupten kann. Die Enttäuschung sitzt wie ein Pfropfen in meiner Kehle. Ich muss unbedingt was trinken, aber ich weiß auch, dass der Kloß dadurch nicht verschwinden wird. Erols Stimme reißt mich aus meinen Gedanken. »Hast du im Büro was Interessantes entdeckt?«

Ich zucke mit den Schultern. »Der PC war natürlich passwortgeschützt, aber ich habe auf dem Schreibtisch eine Liste mit Telefonnummern und Adressen in sechs Sprachen gesehen. Ich glaube, das sind alles so Läden wie dieser hier. In den Namen kamen ständig die Wörter »Intelligenz« und »Potenzial« vor. Außerdem lag da eine Art Anwesenheitsliste. Ein Blatt Papier, auf dem zwölf Personen notiert waren. Vermutlich die Testpersonen. Nesrins Name war nicht dabei.«

»Scheiße! Wenn sie nicht auf der Liste steht, diese Linda sie nicht kennt und der komische Doktor abstreitet, dass sie hier ist, hat der Drecksack in der Garage mich vielleicht doch angelogen.« Ich zögere.

»Was hältst du von diesem Dr. Van Beek?«

»Unsympathischer Typ! Irgendwie merkwürdig!«

»Ja, ich hasse das, wenn ich von jemandem die Augen nicht richtig sehen kann. Glaubst du ihm?«

Erol zuckt mit den Schultern. »Warum sollte er lügen? Und was soll es hier schon zu verheimlichen geben? Bei den vielen Touristen jeden Tag. Andererseits sagt mir mein Bauchgefühl, dass der Hollywoodfuzzi in der Garage auch nicht gelogen hat. Dessen Augen *konnte* ich sehen. Und die Angst darin. Ich war mir hundert Prozent sicher, dass er die Wahrheit gesagt hat. Und wer denkt sich schon spontan so eine bescheuerte Geschichte aus?«

»Er heißt Leonardo.«

»Wer?«

»Der Typ, dem du die Nase gebrochen hast. Er wird

Leonardo genannt wegen seiner Ähnlichkeit mit DiCaprio.«

Erol lacht triumphierend. »Wusste ich doch, dass mich dieses Weichei an irgendjemanden erinnert. Lass uns den Kerl suchen und ihm noch mal auf den Zahn fühlen.«

»Der wird schwer zu finden sein. Amsterdam ist seine Stadt, und zwar eine ziemlich große. In meinem Fall war es so, dass er *mich* gefunden hat.«

»Okay, und wie lautet dein Vorschlag?« Erol kickt missmutig einen großen Kieselstein über den Hof, der mit einem lauten Klacken an der gegenüberliegenden Mauer abprallt.

»Erst mal weg hier. Ich muss draußen ein bisschen rumlaufen und nachdenken.«

Erol nickt und setzt sich Richtung Ausgang in Bewegung. Mutlos und frustriert, trabe ich hinterher. Als wir an der Kasse vorbeikommen, packt der Alte gerade eine Thermoskanne und eine Brotdose aus. Er winkt uns heran. *»Tijd voor ontbijt«,* lacht er. »Zeit für das Frühstück. Wollt ihr schon wieder gehen? Um 11.00 Uhr beginnt die Flugshow mit den Falken.«

»Deswegen sind wir nicht hier«, erwidert Erol. »Wir suchen eine Freundin, aber Dr. Van Beek sagte uns, dass sie nicht hier ist. Vielleicht haben Sie sie ja gesehen?«

Gute Idee. Ich hole das Handy raus und zeige dem alten Mann das Bild von Nesrin. Er schaut es sich genau an und schüttelt dann bedauernd den Kopf.

»Tut mir leid, die habe ich noch nie gesehen. Aber

das muss nichts heißen. Wir Museumsangestellte kommen um 8.00 Uhr und sind nur bis 17.00 Uhr hier. Der Student, der die Führungen macht, der Kurator, meine Frau und ich gehen, wenn alle Touristen weg sind. Natürlich kontrollieren wir das. Danach schließen wir ab, doch die Herrschaften von dem Institut haben selbstverständlich einen Schlüssel. Schließlich zahlen sie einen Haufen Geld für die zwei Stockwerke.«

»Das heißt, zwischen 5.00 Uhr nachmittags und 8.00 Uhr morgens bestimmen im Grunde die Betreiber des Instituts, wer rein- oder rauskommt?«

Der Alte gießt sich einen Becher Kaffee ein und beißt in sein Sandwich. »So habe ich das noch nicht betrachtet. Aber was soll's. Das sind sehr zuverlässige Leute.«

»Bestimmt sind sie das. *Dank u wel*«, sagt Erol und wendet sich zum Gehen.

»Ja, vielen Dank, Sie haben uns sehr geholfen«, ergänze ich. Erol ist schon draußen, als ich ihn einhole. Er sieht wütend und besorgt aus.

»Kann man auf Türkisch gut fluchen?«, frage ich ihn.

»Aber sicher!«

»Lass mal was hören.«

»Ich fluche lieber auf Deutsch.«

»Echt jetzt?«

»Ja! Frag nicht so blöd. Komm, wir machen den großen Rundgang.« Erol zeigt auf den Kiesweg, der am äußeren Rand der Parkinsel einmal um die Wasserburg herumführt. »Ich muss mich bewegen, sonst explodiere ich.«

Schweigend laufen wir nebeneinanderher und hängen unseren Gedanken nach. Ich habe wirklich geglaubt, Nesrin heute wiederzusehen. Vielleicht zu sehr beschäftigt mit ihrem neuen Job, um sich mit mir abzugeben, aber am Leben und gut drauf. Ich habe mir vorgestellt, wie erleichtert sie sein würde, wenn sie die Neuigkeiten von Erol erfuhr. Schließlich hätte dieses Wissen ihre ganze Situation verändert. Möglicherweise hätten sich daraus ganz neue Pläne für sie ergeben und sie wäre mit mir …

»Schau kurz über die rechte Schulter nach hinten, aber bleib nicht stehen!«, sagt Erol.

Ich bin so überrascht und irritiert, dass ich erst mal gar nicht reagiere.

»Jetzt mach schon, verdammt!«

Ich tue ihm den Gefallen und drehe den Kopf. In etwa zwanzig Metern Entfernung folgt uns eine schlanke Gestalt, die sich ziemlich merkwürdig benimmt. Soweit ich erkennen kann, handelt es sich um einen Jungen oder noch jungen Mann in Röhrenjeans und weißen Sneakers. Er trägt einen dunklen Hoodie, dessen Kapuze ins Gesicht heruntergezogen ist, und hat einen echt krassen Gang. Als ob er sich mit Tanzschritten vorwärtsbewegen würde. Vor, zur Seite, einen halben Schritt zurück und wieder einen großen Schritt nach vorn. Dabei rudert er mit Händen und Armen, als ob er ein unsichtbares Orchester dirigiert.

»Da hört jemand ausgeflippte Musik. Na und?«

»Er trägt keine Kopfhörer«, sagt Erol. »Und ich glaube, er will was von uns.«

Ich schaue mich noch einmal um und jetzt sehe ich es auch. Inmitten der wilden Fuchtelei mit den Armen winkt er uns mit seiner rechten Hand immer wieder heran.

Erol und ich bleiben beinahe gleichzeitig stehen und drehen uns um. Als der Typ näher kommt, lässt das Wedeln mit den Armen nach und er schafft es fast, ruhig zu bleiben. Seine Haut ist dunkelbraun, sein Haar und seine Augen sind beinahe schwarz. Als er zu sprechen beginnt, sehen wir zwei blendend weiße Zahnreihen.

»Ihr seid die Deutschen?«

»Teils, teils«, sagt Erol. »Und wer bist du?«

»Faizan! Faizan, der Schachspieler. Aus Lahore. Merkt euch diesen Namen! Faizan aus Lahore! Eines Tages werde ich sehr berühmt sein.«

Der Fremde spricht Deutsch mit einem niederländischen und zugleich indisch klingenden Akzent. Ein weicher Singsang, der nicht leicht zu verstehen ist, leider aber auch nicht mehr aufhört.

»Ich bin ein Schachgenie. Also, mittlerweile. Ein guter Spieler war ich immer, aber hier wurde ich ein echtes Genie. Und warum? Weil ich mich konzentrieren kann! Mögt ihr Schach? Wollen wir eine Partie spielen?«

»Später vielleicht«, sagt Errol.

»Ihr könnt euch nicht vorstellen, wie das ist, wenn

man sich konzentrieren kann. Kon-zen-trie-ren ! Ab den Matches von Spasski und Fischer 1972 in Reykjavik habe ich alle Weltmeisterschaftspartien im Kopf.« Faizan tippt sich an die Stirn. »Hier drin, versteht ihr!«

Wir nicken respektvoll.

Faizan schaut sich über die Schulter um, tritt dann noch einen Schritt auf uns zu und senkt die Stimme zu einem verschwörerischen Flüstern.

»Ein bisschen Glück muss man auch haben. Ich hätte nie gedacht, dass ich jemals aus Lahore herauskomme. Reines Glück! Aber wisst ihr, was das größte Glück ist?«

Erol und ich schütteln synchron den Kopf. Faizan kommt jetzt so nahe heran, dass ich seinen Atem riechen kann.

»Ich vertrage die Tabletten! Ist das nicht großartig? Keine Probleme, keine Nebenwirkungen! Null, nichts, nada! Seit ich sie nehme, funktioniert mein Kopf wie nie zuvor. Nicht nur beim Schach. Deutsch und Holländisch habe ich in sechs Monaten gelernt.«

»Ja, das ist großartig! Wirklich großartig!«, sage ich.

Erol wirft mir einen vielsagenden Blick zu und ich bin absolut seiner Meinung. Der Typ ist völlig gaga.

Erol räuspert sich. »Du hast ein wunderbares Talent. Vielleicht spielen wir doch mal eine Partie. Aber vorher hab' ich eine Frage: Warum hast du uns angesprochen? Was willst du von uns?«

Faizan lässt seinen Blick durch die Grünanlage schweifen und schaut sich zur Sicherheit noch einmal um. Von einem Augenblick auf den anderen macht sich auf seinem Gesicht ein wilder, paranoider Ausdruck breit. »Na, wegen des Mädchens mit den blauen Haaren. Deshalb seid ihr doch hier, oder?«

FÜNFZEHN

Ich zucke zusammen und mache unwillkürlich eine Bewegung auf Faizan zu, die ihn zurückweichen lässt. Erol hält mich an der Schulter fest, aber ich schüttele ihn ab.

»Du hast sie also gesehen?« Ich starre den Schachspieler wutentbrannt an. Es fällt mir schwer, nicht zu schreien.

»Du machst ihm Angst«, sagt Erol.

»Das will ich doch hoffen!«

»Schluss jetzt!« Erol fasst erneut nach meiner Schulter und zieht mich zurück. Sein Griff fühlt sich wie eine Schraubzwinge an, doch seine Stimme klingt sanft und einfühlsam, als er zu Faizan spricht.

»Ganz ruhig! Alles in Ordnung, okay? Mein Freund hier ist nur ein bisschen aufgeregt, weil er sich Sorgen macht. Wegen des Mädchens, verstehst du?«

Ich fasse es nicht. Der großspurige Fighter aus der Garage hört sich an wie ein verdammter Therapeut.

Faizan nickt. Er scheint sich zu entspannen und die Furcht weicht aus seinen Augen.

»Gut«, sagt Erol. »Wann hast du das Mädchen mit den blauen Haaren gesehen?«

»Ist schon zehn Tage her. Ungefähr vor zehn Tagen. Ein sehr schönes Mädchen.«

»Wo hast du sie gesehen? War sie hier im Institut?«

»Ja hier! Genau hier! So ein schönes Mädchen. Hat leider die Tabletten nicht vertragen. Schade, schade, schade!« Faizans Gesicht zeigt den betrübten Ausdruck eines Menschen, der kaum glauben kann, wie ungerecht es auf der Welt zugeht.

»Was meinst du damit, dass sie die Tabletten nicht vertragen hat?«

Der Schachspieler schaut sich noch einmal um und lässt seinen Kontrollblick durch den Park huschen. Dann wird er leiser und beugt sich vertrauensvoll ein wenig vor. Ich hänge an seinen Lippen und lausche der Stimme mit dem weichen, singenden Akzent, der unheimlich schwer zu verstehen ist. »*Nicht vertragen* ist vielleicht der falsche Ausdruck. Komplett allergisch reagiert hat sie. Das arme Ding. Ist einfach durchgedreht! Hat gezuckt und geschrien! So ein schönes Mädchen. Man hat sie wegbringen müssen.«

»Okay«, sagt Erol. »Das ist jetzt sehr wichtig! Du weißt genau, dass sie nicht mehr hier ist?«

Faizan nickt heftig. »Hundert Prozent. Ich schwör's! Sie ist weg! Und das ist auch gut so!«

»Wie meinst du das?« Ich habe es satt, Erol das Reden zu überlassen, und obwohl ich weiß, dass dieses selbst ernannte Schachgenie schwer gestört ist, macht der Typ mich maßlos wütend. Erol lässt meine Schulter los, zieht aber warnend die Augenbrauen hoch.

»Ganz einfach! Wenn man die Tabletten nicht verträgt, ist von vornherein alles sinnlos. Hier zu sein, hat ihr nicht gutgetan und für uns andere war sie eine Belastung. Wenn jemand so ausrastet, kann man sich nicht mehr *konzentrieren.* Völlig unmöglich.« Faizan zuckt mit den Achseln und schaut mich trotzig an. Ich würde ihn gerne …

Erol interpretiert meinen Gesichtsausdruck richtig und schüttelt den Kopf.

»Kommt es oft vor, dass jemand die Tabletten nicht verträgt?«, mischt er sich vorsichtshalber ein.

»Ja schon. Übelkeit, Verdauungsprobleme und Kopfschmerzen sind nicht selten. Aber die Wirkung auf eure Freundin war echt krass. So was habe ich in dem ganzen Jahr nur noch zweimal erlebt.«

Ich wende mich direkt an Erol. »Okay, mir reicht das jetzt! Dieser Dr. Van Beek hat uns angelogen. Wir gehen noch mal zusammen rein und halten ihm unter die Nase, was Faizan erzählt hat.«

Schon während ich den Vorschlag ausspreche, lese ich im erschrockenen Gesicht des Schachspielers, dass daraus nichts werden wird.

»Nein! Nein! Nein! Bist du verrückt? Die werfen mich raus, wenn ihr das tut! Das könnt ihr nicht machen!« Faizan ist so schockiert, dass er schreit. Ein paar Touristen drehen sich um.

»Moment, jetzt verstehe ich gar nichts mehr«, sagt Erol. »Ich hab' gedacht, du willst uns helfen. Warum hast du denn überhaupt was gesagt?«

Faizan scheint über diese Frage ernsthaft nachdenken zu müssen und macht jetzt einen immer verwirrteren Eindruck. »Ich wollte euch sagen, dass sie nicht mehr hier ist. Ich habe gedacht, dass ihr dann weggeht, wenn ihr das wisst«, bricht es schließlich aus ihm heraus.

Erol schüttelt ungläubig den Kopf. Abgesehen von der psychischen Macke, ist Faizan auch sonst nicht die hellste Kerze auf der Torte. Schachgenie hin oder her.

»Wisst ihr, was das hier für mich ist? Das Paradies!« Er hebt beschwörend einen Zeigefinger und ist wieder lauter geworden. »Ich habe das alles selbst geschafft. Ich ganz allein. Weil ich klug bin! Drei Mahlzeiten am Tag, ein eigenes Zimmer, kostenloses WLAN, Krankenversicherung und Schach, so viel wie ich will. Und wenn ich das Jahr durchhalte, am Ende sechzigtausend Euro.«

»Wow«, sage ich, »das ist ein Haufen Geld.«

»Richtig, deshalb kann ich euch auch was schenken.« Wie ein Magier, der Kaninchen aus dem Hut zieht, greift Faizan mit einer theatralischen Geste in eine Tasche seines Hoodies und holt eine Handvoll Kugelschreiber heraus, die er mir entgegenstreckt. »Zum Andenken an mich. Für jeden drei.«

Erol steckt die Kulis ein und dann sehe ich, wie seine Augen sich verengen und sein Gesicht wachsam wird. »Da kommen ein paar komische Typen.«

Faizan kriegt den Satz gar nicht mit und zählt noch einmal mit den Fingern die Segnungen des Instituts auf: »Kapiert ihr das? Erstens drei Mahlzeiten am Tag, zweitens …«

Ich blicke über seinen Kopf hinweg und schaue mich dann kurz um. Von vorn und auch von hinten schlendern in einer Entfernung von ungefähr dreihundert Metern jeweils zwei Männer auf uns zu. Alle vier tragen graue Overalls und scheinen es nicht eilig zu haben, doch der Abstand verringert sich.

»Das sind keine Handwerker«, sagt Erol.

Er hat recht. Ich wende mich Faizan zu. »Wir müssen los! Eine letzte Frage noch: Wo ist das Mädchen jetzt? Weißt du, wohin sie gebracht wurde?«

Er lächelt traurig. »Stimmt, man musste sie wegbringen. Sagte ich das schon? So ein schönes Mädchen! Wohin? Ja, mein Gott, wohin? Dorthin, wo die anderen Durchgedrehten auch gelandet sind. Irgendeine Klapsmühle in Deutschland. Oder Frankreich? Keine Ahnung! Ich werde jedenfalls sehr berühmt werden. Merkt euch meinen Namen. Faizan aus Lahore! Drei Mahlzeiten am Tag …«

Der Monolog klingt wie eine Endlosschleife.

»Abflug!«, sagt Erol.

SECHZEHN

Wir rennen gleichzeitig los. Nicht auf dem Weg, sondern quer durch die Grünanlage Richtung Bootshafen. Während ich versuche, mit Erol Schritt zu halten, werfe ich einen raschen Blick über die Schulter. Zwei der Männer sind bei Faizan stehen geblieben. Sie scheinen auf ihn einzureden, während er heftig gestikuliert. Die anderen beiden folgen uns über die Rasenfläche und holen auf.

»Wann fährt das Boot?«, schreie ich Erol hinterher.

»Jetzt!« Er dreht sich nicht um, aber ich verstehe ihn trotzdem und versuche, die letzten Reserven zu mobilisieren. Der kleine Hafen liegt direkt vor uns. Der Bootsführer hat begonnen, die Taue zu lösen. Er sieht uns auf sich zurennen, zögert einen Augenblick und macht dann ungerührt weiter. Als alle Taue gelöst sind, wirft er sie auf das Boot und überwindet mit einem einfachen Schritt den knapp halben Meter Abstand zwischen Hafenmole und Bootsrumpf. Dann nimmt er seinen Platz hinter dem Steuerrad ein und startet die Maschine.

»Halt! Warten Sie! Wir müssen noch mit!« Erol schreit in vollem Lauf. Er ist vielleicht drei Meter vor mir und hat den Ableger jetzt erreicht. Der Abstand zum Boot beträgt mindestens einen Meter und vergrößert sich. Ich weiß, dass Erol nicht aufgeben wird. Ohne auch nur ein bisschen langsamer zu werden, springt er ab und landet sauber auf den Bootsplanken. Ich bin nicht annähernd so sportlich wie er, aber ich habe nicht vor, mich mit den Herren in den grauen Overalls zu unterhalten. Also springe ich ebenfalls, erreiche das Boot in letzter Sekunde und knalle mit einem schmerzhaften Sturz auf die Bretter. Erol streckt eine Hand aus und hilft mir hoch. »Nicht schlecht für einen Nerd«, grinst er.

»Hattest du vor, mich abzuhängen?«

»Ach was, ich war sicher, dass du das schaffst!« Irgendwie weiß ich nie, wann er mich verarscht.

Wir drehen uns zu den beiden Männern um, die am Ufer zurückgeblieben sind. Sie unterhalten sich kurz und fangen dann an zu telefonieren.

»Bist du okay?«, will Erol wissen.

»Ging mir nie besser.« Ich hocke mich auf eine Holzbank an Deck und massiere meinen schmerzenden Fußknöchel. Der Bootsführer schimpft lauthals auf Holländisch und die anderen Fahrgäste starren uns neugierig an. Unser kleiner Stunt hat Aufsehen erregt, aber da es weder Blut noch Knochenbrüche zu sehen gibt, legt sich das Interesse rasch wieder.

»Was ist da gerade passiert?«, frage ich Erol, als mein Atem sich wieder beruhigt.

»Lass uns darüber reden, wenn wir in der Stadt sind, okay? Ich kann bei dem Geschaukel nicht nachdenken.« Tatsächlich hat der aufkommende Wind für ein paar mehr Wellen gesorgt und Erols Magen scheint das nicht zu bekommen.

Ich betrachte abwechselnd sein gequältes Gesicht und die vorbeigleitende Landschaft, doch in Gedanken bin ich bei Nesrin. *Sie ist da, wo die anderen Durchgedrehten auch gelandet sind. Irgendeine Klapsmühle in Deutschland. Oder Frankreich?* Die Sorge um sie erzeugt einen permanenten Druck in meinem Brustkorb, der die Wut auf einem konstanten Level hält und mir das Atmen erschwert. Ich hätte den verrückten Schachspieler gerne noch ein bisschen härter in die Mangel genommen. Schade, dass die Securityleute dazwischengekommen sind und Erol so zurückhaltend war. Wieso eigentlich? Bei Leonardo war er nicht so … zartfühlend … überlege ich, während das Handy in meiner Hosentasche eine Nachricht empfängt.

Ich hole das Telefon raus und fühle mich sofort besser, als ich den Absender sehe. Arni hat ein neues Profilbild. Es ist das berühmte Foto, das den Terminator mit abgesägter Schrotflinte zeigt. Die Nachricht auf dem Display lautet: *I'll be back. Ruf mich in einer Stunde an.* Ich hab' mal mitbekommen, wie Arni versuchte, ein Telefonat mit einem Mädchen nur mit Schwarzenegger-Zitaten zu bestreiten. Als er schließlich mit *»Hasta la vista, baby«* auflegte, wären wir beide vor Lachen fast erstickt.

Etwas von der Heiterkeit, die diese Erinnerung auslöst, muss auf meinem Gesicht zu sehen sein, denn

Erol streckt die Hand aus und ich reiche ihm das Handy. »Werde ich deinen Freund kennenlernen?«

»Nichts ist unmöglich«, sage ich, aber eigentlich glaube ich nicht daran. Eine Stunde also. Ich werde Arni viel zu erzählen und er mir einiges zu erklären haben.

Als wir im Hafen von IJburg ankommen, ist Erol immer noch ein bisschen schlecht. Wir beschließen, einen Kaffee zu trinken, bevor wir mit der Straßenbahn in die Innenstadt zurückfahren. In einer kleinen Bar finden wir einen Tisch mit Blick auf den Hafen, und als die Kellnerin die dampfenden Becher vor uns absetzt, hat sich Erol von der Seekrankheit erholt. Er probiert einen Schluck von dem höllisch heißen Kaffee und schaut mich dabei nachdenklich an. »Wo stehen wir?«

»Wir haben eine kleine Forschungseinrichtung mitten in Europa, in der Tabletten getestet werden. An Freiwilligen und mehr oder weniger in aller Öffentlichkeit.«

»Yep«, sagt Erol. »Und wenn man genau hinsieht, ist es weder mit der Freiwilligkeit noch mit der Öffentlichkeit weit her. Ich glaube, sie versuchen Testpersonen zu finden, denen es so dreckig geht, dass sie alles unterschreiben würden, was man ihnen vorlegt, so wie dieser Faizan. Und sie bezahlen Typen wie Leonardo dafür, dass er jemanden wie Nesrin zu ihnen bringt. Und *das* soll auf keinen Fall an die Öffentlichkeit dringen. Als du anfingst, nach Leonardo zu suchen, hattest du sofort die Schläger auf dem Hals.«

»Richtig! Und auch der Standort von diesem Institut ist zwar einerseits nicht geheim, aber andererseits auch nicht einfach so zugänglich. Mit der Burg drum herum lässt sich das alles prima abschotten. Auch für den Fall, dass jemand trotz der vielen Kohle nachts abhauen will. Ab 17.00 Uhr sind sie ganz unter sich. Was, denkst du, sind das für Tabletten, von denen Faizan geredet hat? Medikamente?«

Erol schüttelt den Kopf. »Jedenfalls keine Medis gegen irgendwelche echten Krankheiten. Vielleicht synthetische Drogen. Erinnere dich, was Faizan gesagt hat: Er wäre ein Schachgenie geworden, weil er sich dank der Tabletten endlich habe konzentrieren können. *Kon-zen-trie-ren!* Er hat sich das Wort auf der Zunge zergehen lassen.«

»Ob er wirklich ein genialer Schachspieler ist?«

»Hab' ich mich auch gefragt. Vielleicht macht er sich was vor. Ich weiß, dass Rockmusiker, die unter Drogen gespielt haben, oft das Gefühl hatten, absolut geiles Zeug abzuliefern, und wenn man sich die Bänder hinterher anhörte, war alles Schrott. Obwohl – irgendwie habe ich ihm geglaubt.«

Ja, denke ich, das ging mir auch so. Erol gelingt es immer wieder, mich zu verblüffen. In der Garage war er der Goldkettchenschläger mit der Gelfrisur, bei Faizan die einfühlsame Therapeutenseele und jetzt muss ich zugeben, dass auch sein gesunder Menschenverstand nicht schlecht funktioniert. Am Ende fange ich noch an, ihn zu mögen.

Ich nippe an dem immer noch viel zu heißen Kaffee. »Schach ist möglicherweise das Einzige, das er gut kann. Vielleicht hat er tatsächlich von dem Zeug profitiert. Doch egal, ob diese Tabletten die Konzentrationsfähigkeit wirklich steigern: Anscheinend bringen sie erhebliche Nebenwirkungen mit sich und manche Menschen vertragen sie überhaupt nicht. Nesrin zum Beispiel. Erinnere dich, was Faizan gesagt hat: *Das arme Ding ist einfach durchgedreht. Hat gezuckt und geschrien. Man musste sie wegbringen.* Und wahrscheinlich war sie kein Einzelfall. Was auch immer diesen Leuten passiert ist, man hat sie nicht medizinisch versorgen, sondern verschwinden lassen.«

»Also Zeit, die Polizei einzuschalten.«

»Was willst du denen erzählen? Wir können nicht mal beweisen, dass Nesrin sich in den Niederlanden befindet, geschweige denn, dass sie jemals auf diesem Schloss war. Der Junkie vom Bahnhof und Leonardo werden unauffindbar sein, und selbst wenn wir sie aufspüren könnten, würden sie nichts sagen. Das gilt auch für diesen Dr. Van Beek und die anderen Jugendlichen in dem Institut. Na ja, und Faizan … Falls er seine Aussage wiederholt, was ich nicht vermute, würde ihm kein Mensch glauben. Du hast ihn doch erlebt!«

»Das heißt, wir können überhaupt nichts machen?«

Ich zucke mit den Achseln und ziehe aus meiner Hosentasche einen der Kugelschreiber, die Faizan uns geschenkt hat. Ziellos fange ich an, auf einem der Bierdeckel herumzukritzeln. Der Kuli liegt dick und schwer in meiner Hand und schreibt sehr gut. Ein hochwertiges Werbegeschenk. Nachdenklich betrachte ich Firmenlogo und Namenszug des Unternehmens, die der Länge nach aufgedruckt sind: *Bakersfield Pharmaceuticals.* Nie gehört …

»Wolltest du nicht telefonieren?«, fragt Erol. Er hat recht, die Stunde ist vorbei. Zeit für meinen Anruf. Ich werfe den Kuli auf den Tisch und hole das Handy heraus. Arni ist sofort dran.

»Gutes Timing«, lobt er. »Die Ärzte sind eben weg.«

»Was für Ärzte? Wo zum Teufel steckst du?«

»Stadt-k-krankenhaus. Die Visite ist gerade zu Ende. Morgen lassen sie mich raus.«

»Und wieso bist du drin?«

»Blinddarmdurch-b-b-bruch. Nach unserem letzten Gespräch. Du hattest mich aus dem *Stayokay* a-a-angerufen. Gleich danach hab' ich die typischen Schmerzen gekriegt. Normalerweise a-a-alles nicht so schlimm, aber bei mir war es wohl f-f-fünf vor zwölf. Blaulicht, Not-OP, ein Riesentamtam.«

»Ich habe versucht, dich anzurufen«, sage ich und hoffe, dass das nicht vorwurfsvoll klingt.

»Mein Handy war au-ausgeschaltet. Bis heute Morgen. Zum ersten Mal seit drei Jahren hatte ich keinen B-Bock auf das Teil.« Arni klingt ein wenig müde. Ich sollte mich beeilen.

»Bist du fit genug, um dir eine total verrückte Geschichte anzuhören?«

»Klar, ich lehne mich in die Kissen zurück und lausche deiner Stimme. K-kein Ding.«

Erol steht auf und macht mir ein Zeichen mit der Hand. »Erzähl deinem Freund, was passiert ist. Ich gehe ein bisschen am Hafen spazieren.« Ich nicke und sehe ihn durch die Glastür ins Freie schlendern und Richtung Bootsanleger verschwinden.

Dann konzentriere ich mich auf Arni. Ich berichte von Leonardo, Erol und der Garage, dem Wasserschloss, dem Schachspieler und dass wir Nesrins Spur verloren haben. »Bitte, hilf mir nachzudenken! Vielleicht hast du ja ein paar Ideen, wie das alles zusammenpasst. Und ich hätte noch eine Bitte ...«

Keine Ahnung, warum ich das sage, aber mein Blick richtet sich auf den edlen und zugleich protzigen Kugelschreiber, der vor mir auf dem Tisch liegt und mich irgendwie unangenehm berührt. »Hör zu, Arni, ich brauche eine umfassende Internetrecherche. Lass dir deinen Laptop bringen und suche heraus, was immer du über einen Konzern namens *Bakersfield Pharmaceuticals* finden kannst.«

SIEBZEHN

»Gib mir drei Stunden«, sagt Arni.

Ich bezahle den Kaffee und trabe zum Hafen, um Erol zu suchen. Nach ein paar Minuten finde ich ihn bei einem kleinen Bootsverleih, wo er gerade dabei ist, die blonde Tochter des Besitzers anzubaggern. Beide machen enttäuschte Gesichter, als ich ihn zu mir heranwinke. Irgendwie ärgert es mich, dass er in dieser Situation an so was denken kann. Andererseits bin ich froh, dass er nicht auf Nesrin steht und mir trotzdem hilft, sie zu suchen. Es ist merkwürdig. Manchmal habe ich das Gefühl, schon ewig mit ihm befreundet zu sein, und im nächsten Augenblick könnte ich ihn erwürgen. Das geht mir bei Arni zwar auch so, aber den kenne ich wenigstens tatsächlich in- und auswendig.

Wir fahren mit der Straßenbahn nach Amsterdam hinein und beschließen, zum *Stayokay* zu laufen, um dort zu duschen. Eine Stunde später essen wir in einem preiswerten chinesischen Restaurant in der Nähe des Hostels eine riesige Portion Chop Suey und haben viel Spaß mit den holländischen Texten in den Glückskeksen. *»Moge je100 zijn maar niet oud!«*, gluckst Erol. »Ich dachte immer, Finnisch sei die lustigste Sprache.«

»Ich glaube, die Holländer finden Türkisch am lustigsten.«

»Jetzt hör aber auf«, sagt Erol und wischt sich die Tränen aus den Augen. »Sind die drei Stunden für deinen Freund nicht schon rum?«

»Gleich.«

»Ruf ihn an!«

»Er mag es nicht, wenn man ihn drängt.«

Erol gibt einen frustrierten Seufzer von sich. »Soll ich dir aufzählen, was *ich* alles nicht mag?« Er bestellt sich einen Nachtisch, und als er den letzten Bissen gebackene Banane mit Honig unten hat, meldet sich mein Handy. Ich stelle es auf »Lautsprecher« und lege es auf den Tisch.

»Okay, Leute«, sagt Arni, »das wird jetzt möglicherweise eine Enttäuschung. Über *Bakersfield Pharmaceuticals* gibt es A-A-Aberhunderte Seiten im Netz, aber soweit ich das in der kurzen Zeit checken konnte, nichts N-Negatives. Irgendeine Verbindung zu diesem Institut in H-Holland oder anderen vergleichbaren Einrichtungen konnte ich nicht finden. Es ist ein im Vergleich zu den anderen eher kleines U-Unternehmen mit einer Zentrale in München und etlichen Außenstellen in Deutschland und Europa. Sie haben sich spezialisiert auf M-M-Medis gegen neurologische Krankheiten, hauptsächlich Epilepsie und Multiple Sklerose, aber es ist auch viel die Rede von einem Medikament, das die Alzheimerkrankheit au-aufhalten soll. Alle versprechen sich sehr viel davon, doch das Zeug hat noch keine Zulassung und ohne die kann auch kein G-Geld verdient werden.

Und da sind wir gleich bei einem wirklich entscheidenden Punkt: Habt ihr auch nur die geringste V-V-Vorstellung, was für Hürden man überwinden muss, um so ein Medikament auf den Markt zu bringen? Ich hab' mal ein bisschen in den Gesetzen rumgestöbert: Um eine Zulassung für ein Arzneimittel zu bekommen, muss ein pharmazeutisches Unternehmen U-U-Unterlagen einreichen, mit denen die Wirksamkeit, die Unbedenklichkeit und die Qualität des Arzneimittels belegt werden. Das sind Laborergebnisse über den Wirkmechanismus, dann kommen die Ergebnisse der Tierversuchsreihen und zum Schluss die der verschiedenen Phasen klinischer Studien. Wie diese Studien gestaffelt sind und durchgeführt werden müssen, ist haarklein festgelegt, alles sehr teuer und zeitau-aufwendig. Der Staat ist da extrem pingelig und der Verband Forschender Arzneimittelhersteller hat ein eigenes Regelwerk herausgegeben, das sich ›Leitlinie zur guten Klinischen P-P-Praxis‹ n-nennt. Wenn du das gelesen hast, sind deine Synapsen kurz vorm D-Durchglühen.

Noch aufwendiger ist es, wenn man Medikamente im Europäischen Wirtschaftsraum vertreiben will. Dann braucht man eine P-Prüfung durch die Europäische Arzneimittel-Agentur und eine Genehmigung von der Europäischen K-K-Kommission.

Richtig haarig aber wird es, wenn du auf den amerikanischen Markt …«

»Haaalt! Okay, das reicht!«, unterbricht ihn Erol. »Warum zum Teufel erzählst du uns das alles?«

Arni scheint sich die Antwort genau zu überlegen. »Was immer die in dieser W-Wasserburg auch testen oder treiben. Ich glaube, ein U-Unternehmen wie *Bakersfield Pharmaceuticals* kann nichts damit anfangen. Man kann gegen die Pharmaindustrie eine Me-Menge sagen, aber so arbeiten die nicht!«

»Du hast also gar nichts gefunden, was uns irgendwie weiterhilft?«

»Na ja«, sagt Arni vorsichtig. »Vielleicht doch. Ein w-winziges Detail. Ein indirekter Hinweis. Es hat eine W-Weile gedauert, bis ich drauf gestoßen bin, aber das Unternehmen sponsert eine Stiftung in Frankreich. Und die w-wiederum betreibt dort eine psychiatrische Akutklink.«

»Wo genau?«

»Im Unterelsass, Département Bas-Rhin. Nicht w-weit weg von der deutschen Grenze. Die Klinik liegt in der Nähe des Städtchens La Petite-Pierre am Fuße der Nordvo-vogesen und heißt ›Chateau Lumière‹.

»Irgendwelche Informationen über die Herrschaften?«, will Erol wissen.

»Nicht sehr viel. Sie haben natürlich einen Internetauftritt, aber der ist eher nichtssagend. Es ist eine reine Privatklinik, also nichts für Kassenpatienten. Medizinische Schwerpunkte sind die Behandlung von Psychosen, Angststörungen und Suchterkrankungen. Vielleicht genau das Richtige für reiche Promis auf Entzug von irgendwas. Laut Website gibt es einen Chefarzt, zwei Oberärzte, eine Reihe von Assistenzärzten und jede Menge Pflegepersonal. Die Klinik wirbt mit intensiver Therapie, luxuriösem Ambiente und absoluter Diskretion. Klingt gut, oder?«

ACHTZEHN

Ja super!«, knurrt Erol.

»Tut mir leid«, sagt Arni. »Mehr hab' ich nicht. Ich muss jetzt Schluss machen, krieg' gerade Be-Besuch.«

Als er auflegt, schauen Erol und ich uns ratlos an. Ich habe nicht die geringste Ahnung, wie es weitergehen soll. *»Wat een fucking stront!«*, sage ich laut in den Raum hinein. Den Fluch habe ich bei der Schlägerei in der Garage aufgeschnappt und sofort abgespeichert. Vielleicht nicht optimal passend für ein Speiselokal. Die Gespräche um uns herum verstummen und die anderen Gäste starren mich an.

Erol nickt. »Dass Faizan diese Kugelschreiber hatte und sie uns unbedingt schenken wollte, ist vielleicht absoluter Zufall. Du hast es als Fingerzeig dafür genommen, dass zwischen der Firma und dem Institut ein Zusammenhang besteht, aber Arni konnte keinen finden. Faizan kann die Kulis sonst woher gehabt haben.

Und dass dieser Pharmakonzern eine Stiftung unterstützt, die eine psychiatrische Klinik hat, bedeutet vielleicht noch weniger. Alle großen Unternehmen betätigen sich irgendwie karitativ. Ist gut fürs Image! Vielleicht ist das Sponsoring von Kliniken Teil ihres Charityprogramms und damit stinknormal.«

Er hat recht, das ist sehr gut möglich. Aber da ist noch etwas. Etwas, das ich gehört habe, vor Kurzem erst, eine bestimmte Formulierung, die sich mir eingebrannt hat. Ich greife nach Erols Arm und drücke ihn. »Weißt du noch, was Faizan gesagt hat, als ich fragte, wohin man Nesrin gebracht habe? Was er *wörtlich* gesagt hat? Erinnere dich! Er sagte: *Wohin? Ja, mein Gott, wohin? Dorthin, wo die anderen Durchgedrehten auch gelandet sind. Irgendeine Klapsmühle in Deutschland. Oder Frankreich?*

In Deutschland oder in Frankreich, verstehst du? Oder im Elsass?«

Erol sieht mich an und dann breitet sich langsam ein Grinsen auf seinem Gesicht aus. Er schüttelt meine Hand ab. »Du bist echt schlauer, als du aussiehst. Besser als umgekehrt! Okay! *Siktir onu!* Scheiß drauf! Wir fahren dahin!«

Erol wirkt von einer Sekunde auf die andere wie ausgewechselt. Aufgeregt holt er sein Handy raus und fängt an, mögliche Verbindungen von Amsterdam nach La Petite-Pierre im Elsass zu googeln. »Wenn, dann will ich heute noch los. Fliegen ist zu teuer und der Fernreisebus ab Sloterdijk zu langsam. Bleibt nur die gute alte Bahn. Wir könnten um 18.40 Uhr von Amsterdam Centraal starten. Dann sind wir um kurz nach sechs morgen früh in Saarbrücken. Wir hätten Zeit, was zu frühstücken, und fahren um 8.55 Uhr weiter mit dem Bus nach La Petite-Pierre. Dauert ungefähr eine Stunde. Spätestens um 10.00 Uhr sind wir da und suchen uns eine Unterkunft. Okay?«

»Okay!«, sage ich, während mein Smartphone eine WhatsApp-Nachricht empfängt. Instinktiv weiß ich, dass sie von meiner Mutter ist. Sie ist der letzte Mensch, mit dem ich jetzt reden möchte, aber natürlich mache ich die Nachricht auf.

Mom: *Alles okay bei dir? Wo steckst du?*

Ben: *Fahren jetzt weiter nach Frankreich. Es geht mir gut!*

Immer schön bei der Wahrheit bleiben, Benny, denke ich. Immer schön die Wahrheit.

NEUNZEHN

Den Zug um 18.40 Uhr zu erwischen, ist kein Problem. Wir finden ein leeres Abteil, werfen unsere Rucksäcke auf zwei der Sitze und machen uns daneben so breit wie möglich, um andere Fahrgäste davon abzuschrecken, uns Gesellschaft zu leisten. Erol hat sich am Bahnhof noch mit Proviant eingedeckt und streckt mir ein *broodje* entgegen, aber ich kann nichts essen.

Schon bei dem Gedanken daran wird mir übel und ich fühle mich von Minute zu Minute schlechter. Von der Energie und Zuversicht, die ich gespürt habe, als wir beschlossen, nach Frankreich zu fahren, ist nichts mehr übrig. Was, wenn wir mit dieser Klinik im Elsass völlig falschliegen?

In den letzten Tagen habe ich versucht, die Gedanken an Nesrin irgendwie in den Griff zu kriegen, aber jetzt kommt alles hoch. Während Erol neben mir genüsslich zwei Käsebrötchen verdrückt und einen Apfel hinterherschiebt, überrollt die Angst meinen Verstand wie ein Tsunami. Immerzu sehe ich, wie Faizan sich vertrauensvoll zu mir vorbeugt, und höre seine leise Stimme. *Das arme Ding. Ist einfach durch-*

gedreht. Hat gezuckt und geschrien. So ein schönes Mädchen. Man hat sie wegbringen müssen.

Wie in einer Endlosschleife rotieren diese Sätze durch mein Gehirn und führen zu den immer selben Fragen: Ist Nesrin wirklich in Frankreich? Was hat sie eingenommen? Wie geht es ihr jetzt? Hat sie sich von dem Zeug erholt? Oder wurde sie weiter ruhiggestellt und in eine Zelle gesperrt? Womöglich auf irgendeinem Bett festgeschnallt? Mein Vater hat mir mal zur Abschreckung erzählt, dass einige von den Leuten, die in den siebziger Jahren mit Meskalin und LSD experimentierten, von ihren Horrortrips niemals zurückkehrten. Was, wenn Nesrin inzwischen ein psychisches Wrack ist? Wenn ich diesen Gedanken nicht aus dem Kopf bekomme, ist es nur eine Frage der Zeit, wann ich selbst durchdrehe.

Was auch immer sie eingenommen hat, sie hat es vermutlich freiwillig getan. Schließlich war sie deshalb dort. Wenn Faizan die Wahrheit gesagt hat, war ihre heftige allergische Reaktion auf das Zeug außergewöhnlich, aber kein Einzelfall. *Die Wirkung auf eure Freundin war echt krass. So was habe ich in dem ganzen Jahr nur noch zweimal erlebt.* Er selbst hatte die Tabletten vertragen. Der Glücksfall seines Lebens. Endlich konnte er sich kon-zen-trie-ren. Scheiße!

Erol schließt die Augen, streckt die Beine aus und scheint tatsächlich schlafen zu wollen. Sofort werde ich wütend. Wie kann er in dieser Situation so ruhig sein? Auch was ihn betrifft, habe ich hundert Fragen, die mir durch den Kopf schwirren, seit er mich in Amsterdam auf dem Weg zum *Stayokay* hat abblitzen lassen: *Was ich mit Nesrin zu tun habe, geht dich einen Scheiß an.* Von wegen! Mittlerweile bin ich mir sicher, dass er keine üblen Absichten verfolgt, aber warum hat er sich an mich gehängt – und vor allem, wie hat er das eigentlich gemacht? Wieso überhaupt haben Nesrin und er heiraten sollen? Ist sie wirklich seinetwegen abgehauen? *Nur* seinetwegen? Mein Kopf droht zu platzen. Ich hebe meinen Fuß und trete unsanft gegen seinen Schuh. Erol öffnet die Augen und sieht mich erstaunt an. »Ist was?«

Ich blicke aus dem Fenster. Draußen schieben sich dunkle Gewitterwolken vor die Sonne und der Zug wird bald wieder in Deutschland sein. Keine Ahnung, warum mir das auffällt.

Erol richtet sich auf und kann offenbar meinen Gesichtsausdruck lesen. »Wir finden sie! Ich verspreche es! Hör auf, dir Sorgen zu machen.« So ähnlich hat seine Stimme auch geklungen, als er mit Faizan gesprochen hat.

»Kannst du mal diesen Scheiß-Therapeutenton abstellen?«

Nachdenklich schüttelt er den Kopf. »Was willst du?«

»Rede mit mir.«

»Worüber?«

»Über Nesrin und dich.«

Erol lächelt schwach. »Frag, was du wissen willst.«

Ich schließe einen Moment die Augen und überlege, wo ich anfangen soll, aber eigentlich spielt das keine Rolle. »Du hast gesagt, du wärest nach Deutschland gekommen, um Nesrin zu sagen, dass aus der Hochzeit nichts wird.«

»Yep!«

»Von den Celiks hast du dann erfahren, dass sie abgehauen ist.«

Erol nickt.

»Warum bist du dann nicht nach Ankara zurückgeflogen? Wieso bist du mir gefolgt? Die Dinge liefen doch gut für dich. Du wolltest nicht heiraten, Nesrin war verschwunden, also alles gut. Wieso hast du die Sache nicht auf sich beruhen lassen?«

Erol schüttelt den Kopf. »Das konnte ich nicht. Ich war geschockt, dass diese blöden Heiratspläne Nesrin dazu gebracht haben, ihre Familie zu verlassen. Das hätte ich niemals für möglich gehalten. Ich fühlte mich schuldig, und das tue ich immer noch.«

»Deine Familie hat dir keine Wahl gelassen.«

Erol schüttelt den Kopf. »Man hat immer eine Wahl. Wenn ich irgendwas aus der Sache gelernt habe, dann das. Der erste Schritt ist, einfach *Nein* zu sagen. Und was hab' ich stattdessen gemacht? Sie aus Feigheit in eine ausweglose Situation gebracht. Wenn ich wenigstens in sie verliebt gewesen wäre. Nicht mal das. Aber ich hab' Nesrin immer gemocht. Verstehst du, deshalb habe ich beschlossen, sie um Verzeihung zu bitten. Wenn ich sie telefonisch oder sonst wie hätte erreichen können …«

»… hätten wir uns vielleicht nie kennengelernt.«

»Ja, nicht auszudenken«, sagt Erol bissig. Manchmal ist er ein echtes Arschloch.

Eine Weile bin ich so sauer, dass ich keinen Ton rausbringe, dann siegt meine Neugier. »Wie seid ihr zusammengekommen, Nesrin und du?«

Erol lässt sich Zeit mit der Antwort. »Ich bin in Deutschland geboren«, beginnt er schließlich. »Genauso wie Nesrin. Unsere Väter waren Kollegen und Freunde bei Opel in Bochum. Ist alles schon 'ne Weile her. In dieser Zeit haben sie jedenfalls beschlossen, die Familien durch eine Heirat zu verbinden. Als ich zehn war, gingen wir in die Türkei zurück. Mein Großvater war gestorben und mein Vater erbte dessen Kfz-Werkstatt in Ankara. An den Heiratsplänen änderte das jedoch nichts. Im Gegenteil.«

»Wolltest du denn heiraten?«

»Am Anfang schon. Es hätte alle stolz gemacht. Meine Familie, Nesrins Familie, jeden, den es was anging. Und ich fand den Gedanken, verheiratet zu sein, cool. So wie Führerschein und eigenes Geld verdienen. Alle Erwachsenen, die ich kannte, waren verheiratet.«

Erol schlägt sich an die Stirn und verzieht das Gesicht. So wie jemand, der sich im Nachhinein wundert, wie blöd man sein kann.

»Und, kanntest du Nesrin?«

»Ja schon. Nicht gut natürlich, wir hatten ja überhaupt nichts miteinander zu tun. Aber ich wusste, wie sie aussieht und dass sie sehr klug ist. Mich hat das nicht besonders gestört, aber manche in meiner Familie waren deswegen echt skeptisch.«

Erol grinst breit und hat dabei offenbar ein paar dieser Familienmitglieder vor Augen. »Es wurde gelästert, warum der alte Celik unbedingt eine Tochter mit Abitur haben wollte. Wobei ich glaube, es war wohl eher die Mutter, die das durchgedrückt hat. Egal, das alles war damals noch so weit weg. Ich war in der Türkei und Nesrin in Deutschland. Kein Grund zur Aufregung, hab' ich gedacht. Was leider nicht stimmte.«

Erol lehnt sich zurück und schließt die Augen. Einen Moment lang befürchte ich, dass er nicht mehr weiter über das Thema reden will, aber dann gibt er sich einen Ruck. »Wie auch immer, vor einem Jahr wurde die Sache ziemlich schnell ernst. Meine Eltern haben angefangen, die Hochzeit zu planen, und Nesrins Familie traf Vorbereitungen für ihre Rückkehr in die Türkei. Die Zeit lief aus und mir wurde immer mulmiger zumute.«

Nesrin bestimmt auch, schießt es mir durch den Kopf. Auch sie muss sich von Tag zu Tag stärker unter Druck gefühlt haben. Doch das hat sie vor allen verborgen. Immer war sie gleich ruhig, freundlich und verschlossen gewesen. Von irgendwelchen Plänen, in die Türkei zurückzugehen, hat überhaupt niemand was gewusst. Der Gedanke gibt mir einen vertrauten Stich. Wenigstens das hätte sie mir doch erzählen können.

»Tja, und dann ist was Komisches passiert«, unterbricht Erol meine Grübelei. »Ich bin eines Morgens aufgewacht und wusste, dass ich nicht heiraten *wollte.* Und zwar auf gar keinen Fall. Nesrin nicht und auch sonst niemanden.«

»Eine nächtliche Erleuchtung?«

Erol wirft mir einen ausgesprochen unfreundlichen Blick zu. »Sozusagen. Findest du das irgendwie komisch? Ich habe mein ganzes Leben lang Dinge getan, um meine Familie glücklich zu machen. Ich bin in die Türkei zurückgegangen, obwohl ich lieber in Deutschland geblieben wäre. Meinem Vater zuliebe habe ich eine Ausbildung zum Kfz-Mechatroniker begonnen, statt Webdesigner zu werden ... Selbst mit dem Kampfsport habe ich nur angefangen, damit er stolz auf mich ist. Obwohl ...« Erol gönnt sich ein breites Grinsen. »Das hat dann echt Spaß gemacht. Aber alles in allem hatte ich genug.«

»Und dann hast du den großen Krach riskiert?«

Erol nickt und bringt ein schiefes Grinsen zustande. »Ich habe zuerst mit meinem Vater gesprochen. Wie erwartet ist er völlig ausgerastet. Am Anfang dachte ich, es wäre nur, weil ich nicht gehorchen wollte. Aber nach einigem Hin und Her habe ich kapiert, dass die Heirat einen geschäftlichen Plan besiegeln sollte, den Nesrins und mein Vater schon lange verabredet hatten. Mein Vater will Hamid Celik als Partner in seine Firma holen. Die Kfz-Werkstatt ist mittlerweile ein sehr gut gehendes Unternehmen. Hamid bringt nicht nur neues Geld mit, sondern auch einen deutschen Meisterbrief. Der macht sich wiederum gut, wenn man Vertragswerkstatt einer deutschen Nobelautomarke in Ankara werden will.«

»Wow, und das hast du alles kaputt gemacht?«

»Im Moment sieht's so aus.« Erol zieht resigniert die Schultern hoch. »Ich hab' nicht gewollt, dass das so eskaliert.« Er lehnt sich zurück und sieht aus dem Fenster. Eine Weile schweigen wir.

»Hat deine Familie sich inzwischen beruhigt?«, frage ich schließlich.

»Nicht wirklich. Meine Eltern sprechen wieder mit mir, aber alle sind immer noch stocksauer. Und sehr besorgt, wie die Celiks auf die Absage der Hochzeit reagieren. Wenn meine Eltern erfahren, dass Nesrin von zu Hause abgehauen ist, werden sie allerdings denken, dass die Schande eher bei *ihrer* Familie liegt.«

»Weiß ihre Familie denn schon, dass du auch abgesprungen bist?«

»Wenn, dann jedenfalls nicht von mir. Aber sie werden davon ausgehen, dass ich auf jeden Fall alles absage. Sie denken: Wer will schon ein Mädchen heiraten, das die Familie verlässt.«

Entgeistert starre ich ihn an. »Echt jetzt?«

Erol zuckt mit den Achseln. Mein Unverständnis scheint ihn zu ärgern. »Von Familienehre versteht ihr Deutschen rein gar nichts!«

Was soll man auf so was antworten? Wieder schweigen wir uns an. Erol starrt missmutig aus dem Fenster und scheint das Gespräch ziemlich sattzuhaben. Aber so leicht wird er mich nicht los.

»Okay«, fange ich langsam an. »Du bist also nach Deutschland geflogen, um die Heirat abzusagen und dich bei allen zu entschuldigen. Und hast Nesrin glatt verpasst!«

Erol ringt sich dazu durch, mich wieder anzuschauen. »So könnte man es nennen. Ich war bei eurer Schule, am letzten Tag vor den Ferien. An und für sich eine gute Idee. Nesrin kam raus, lief in kurzer Entfernung an mir vorbei zu den Fahrradständern und von da zu einem Blockhaus am anderen Ende der Wiese. Ich bin ihr nachgegangen, sie hat die Tür aufgeschlossen und ist dann in dem Haus verschwunden. Während ich noch überlegt hab', was ich tun soll, bist plötzlich du aufgetaucht und auch in die Hütte gegangen. Da konnte ich ja schlecht hinterher. Chance vertan.«

Weil das meine *Chance war,* denke ich. *Kannst du in zwanzig Minuten im Bootshaus sein?* Noch immer klingt Nesrins Stimme in meinem Kopf. Was für eine Frage! Danach war nichts mehr wie vorher gewesen. Wie unfassbar gut ich mich an meine Gefühle erinnere, als ich über diese Wiese gelaufen bin, ganz benommen von Aufregung und Vorfreude.

»Und dann wurde es erst richtig schräg«, unterbricht Erol meine Gedanken. »Bei den Fahrradständern standen noch andere Schüler, die über irgendeinen Mathelehrer hergezogen haben. Ich war eine Sekunde abgelenkt und auf einmal seh' ich, wie die Tür von dem Schuppen aufgeht und jemand mit blauen Haaren rauskommt und gleich nach rechts verschwindet. Glaub mir, das hat gedauert, bis ich kapiert habe, dass das Nesrin war. Ich wollte ihr folgen, aber da kamst du raus und über die Wiese auf mich zu. Als ich dein Gesicht gesehen habe, wusste ich, dass es reichen würde, *dir* zu folgen.«

»Warum?«

»Du hast geguckt wie die Katze, die als Einzige weiß, wo die Sahne steht.«

»Ist das eine türkische Redensart?«

»Wieso? Kennst du keine Katzen? Ach, vergiss es! Zwei Stunden später habe ich bei Celiks angerufen, um zu fragen, ob ich vorbeikommen kann. *Nesrin ist verschwunden,* war das Einzige, was ihre Mutter rausbrachte. Damit war alles klar und ich bin an dir drangeblieben. Dein blöder Ferienjob hat meine Geduld auf eine harte Probe gestellt, aber ich war mir sicher, dass du mich am Ende zu Nesrin führen würdest.«

»Hat leider nicht funktioniert«, sage ich.

»Stimmt! Das hat nicht funktioniert. Also suchen wir sie jetzt gemeinsam. Und das *wird* funktionieren! Wir finden sie! Und wer immer ihr was getan hat, wird es bereuen! Okay?«

Ich nicke und sehe aus dem Fenster. Draußen zieht eine grüne Weidelandschaft an uns vorbei, auf die jetzt ein heftiger Sommerregen prasselt. Erols unerschütterlicher Optimismus hat mich nicht wirklich beruhigt. Und er hat auch die immer wiederkehrenden Gedanken nicht vertreiben können, die mich quälen, seit ich in diesen Zug gestiegen bin.

Mag sein, dass wir sie finden, aber wie wird sie dann sein? Was ist, wenn sie mich nicht erkennt? Wenn sie Halluzinationen hat. Oder verrückt ist? So gaga wie Faizan?

»Es wäre gut, wenn du auch etwas schläfst«, sagt Erol und streckt erneut die Beine aus. »Das wird eine lange Nacht.«

ZWANZIG

Als wir am nächsten Morgen in La Petite-Pierre völlig übermüdet aus dem Bus steigen, erwartet uns eine farbenfrohe ländliche Idylle, mehr ein gemütliches Dorf als eine kleine Stadt.

Der Ort gefällt mir auf Anhieb. Blumengeschmückte Fachwerkhäuser, kleine Geschäfte und Straßencafés, in denen auch um diese Zeit schon einiges los ist, und sehr gute Luft. Beinahe von überall hat man einen fantastischen Blick auf ein riesiges, bergiges Waldgebiet. Der Naturpark Nordvogesen.

Während der nächtlichen Zugfahrt nach Saarbrücken mussten wir dreimal umsteigen, und zwar immer genau dann, wenn ich trotz der Grübelei gerade eingeschlafen war. Dementsprechend zerschlagen und ausgelaugt fühle ich mich und die drei Pappbecher Kaffee am Saarbrücker Hauptbahnhof haben daran nicht viel geändert. Am liebsten würde ich eine Unterkunft suchen und mich so schnell wie möglich hinlegen, doch Erol hat sich in den Kopf gesetzt, ausgiebig zu frühstücken, und zwar im *Chez Sylvain*. Es handelt sich um eine kleine Bäckerei mit Café, die er während der Zugfahrt gegoogelt hat. Ich lasse mich überreden und zwanzig Minuten später bekommen wir in der Vormittagssonne unglaublich leckeren Kaffee mit Mirabellenkuchen serviert.

Trotzdem geht mir dieser Cafébesuch gewaltig gegen den Strich. Besonders die Art, wie Erol darauf bestanden hat und jetzt relaxed die Beine von sich streckt. Mein Ärger muss mir mal wieder ins Gesicht geschrieben stehen, denn Erol zieht fragend die Augenbrauen hoch. »Hast du ein Problem?«

»Ja, hab' ich«, sage ich böse. Irgendwie muss es jetzt raus. »Ich habe das Gefühl, dass du dir nicht wirklich Sorgen um Nesrin machst. Dass du das hier nicht ernst nimmst. Und dich aufführst, als wenn du im Urlaub wärst!«

Erol schüttelt ungläubig den Kopf. »Das hast du gestern im Zug schon gedacht, oder?«

»Ja, und auch als du im Hafen unbedingt diese Blondine anbaggern musstest.«

Erol verzieht das Gesicht und sieht mich aus ernsten Augen an. »Das ist alles verdammter Bullshit! Wie kommst du auf so was? Du regst dich auf, einfach nur, weil ich anders ticke als du? Ich bin nicht in Nesrin verliebt, aber deswegen mache ich mir nicht weniger Sorgen. Nesrin hat nur rein gar nichts davon, wenn ich mich genauso verrückt mache wie du. Es nützt ihr auch nichts, wenn ich nicht esse, nicht schlafe und keine Mädchen anschaue. Als ich in Amsterdam kapiert hab, dass ihr irgendwas zugestoßen sein muss, habe ich beschlossen, sie mit dir zu suchen. Ich muss mich nicht nur entschuldigen, ich muss was gutmachen. *Praktisch,* verstehst du? Wo auch immer sie hineingeraten ist, ich werde dir helfen, sie da rauszuholen. Aber dafür will ich mir keine blöden Vorwürfe anhören! Okay?«

Ich schweige stur. Dann ist da in einem entlegenen Teil meines Kopfes Arnis Stimme. Leise, aber unüberhörbar. *Er hat r-recht,* sagt Arni kühl. *Und das weißt du auch.*

»Ja«, murmele ich und erwidere Erols ernsten Blick. Dann gebe ich mir einen Ruck. »Okay!«

Er verzieht den Mund zu einem breiten Grinsen, sofort bereit, den Streit zu vergessen. »Schön, dass wir das klären konnten. Kommen wir also zum praktischen Teil. Ich habe mich nämlich auch schlaugemacht, wo dieses Chateau Lumière liegt. Von hier aus gesehen ziemlich mitten im Naturpark. Wir werden dorthin wandern und das Anwesen beobachten. Je nach Höhenmetern brauchen wir zwei bis drei Stunden. Es würde auch schneller gehen, über eine schmale, geteerte Straße für Forstfahrzeuge, die von Mitarbeitern der Klinik und Zulieferern genutzt wird. Aber von der halten wir uns fern.«

Erol zeigt mir auf seinem Smartphone eine Karte des gesamten Naturparks.

»Hier im Ort beginnt ein Wanderweg, der am Rabenfels vorbei ins Buntsandsteingebirge führt. Wir folgen ihm eine halbe Stunde, biegen dann scharf nach rechts ab und gehen auf den kleinen Pfaden hier weiter. In maximal drei Stunden müssten wir die Klinik erreichen.«

»Wow«, sage ich, »wann hast du das denn alles rausgekriegt?«

»Gestern Nacht, während du geschlafen hast. Ich hab' mir einen dicken Wanderführer der Nordvogesen als E-Book runtergeladen.«

»Ich bin beeindruckt! Weißt du auch schon, wo wir schlafen?«

»Das ist ein Problem. Es gibt hier keine Jugendherberge, sondern nur Hotels, die für Leute wie uns eigentlich zu teuer sind. Außerdem sind fast alle belegt. Noch relativ günstig ist das hier.« Er zeigt mir ein Bild auf seinem Smartphone. »*Hotel Aux Trois Roses.* Ein Doppelzimmer für fünfundsiebzig Euro. Wenn jeder von uns hundertfünfzig zahlt, hätten wir vier Tage für was auch immer wir uns vornehmen. Danach überlegen wir neu. Hast du so viel?«

»Klar«, sage ich und denke an die Kohle für den Führerschein auf meinem Sparkonto. Was hat Erol gesagt? Scheiß drauf! Wegen Geld werde ich hier nicht aufgeben.

»Gut. Dann lass uns jetzt ins Hotel gehen. Ich will duschen, andere Klamotten anziehen und 'ne Stunde schlafen. Um 14.00 Uhr können wir zur ersten Tour aufbrechen.«

Ich nicke. *»Oui, mon capitaine!«*

Erol grinst. »Wird doch«, sagt er.

In diesem Augenblick empfängt mein Handy eine SMS. Schon wieder meine Mutter? Mein erster Gedanke ist, dass zu Hause was passiert sein könnte. Oder es ist Arni, aber der würde mir eher eine Whats-

App schreiben. Neugierig ziehe ich das Handy aus der Tasche, sehe auf das Display und bin so überrascht, dass ich das Telefon beinahe fallen lasse.

Eine nicht unterdrückte Rufnummer: +33 16 23 34 37 83. Darunter die Nachricht:

Ben? Die lassen mich nicht raus. Weiß nicht, wo ich bin. Nicht hierauf antworten. Bitte hilf …

Erol hat meinen Gesichtsausdruck richtig gedeutet. Er ist aufgesprungen, noch bevor ich ihm das Handy reichen kann, und gemeinsam starren wir auf das Display. Laut und tief höre ich ihn durchatmen. Dann legt er einen Arm um meine Schulter und drückt mich kurz an sich. »Das ist gut«, sagt er langsam. »Das ist sehr gut!«

»Ja!«

Sehr gut und gleichzeitig beängstigend. Ich bin so aufgeregt, dass ich kaum ein Wort herausbekomme. »Es beweist, dass sie einigermaßen fit und klar im Kopf ist.«

Erol nickt bedächtig. Dann lacht er leise. »Nicht nur das. Mag sein, dass sie nicht weiß, wo man sie eingesperrt hat. Aber sie verrät uns trotzdem, in welchem Land sie ist.«

Verständnislos starre ich ihn an. Mein Blick huscht zurück zum Smartphone, ich sehe die Nachricht und die Nummer, registriere die ersten beiden Ziffern und dann endlich kapiere ich, was er meint.

+ 33 ist die Auslandsvorwahl von Frankreich.

EINUNDZWANZIG

Wow! Das ist wirklich genial«, sagt Erol. »Denkst du, sie hat das absichtlich gemacht?«

Ich zucke mit den Achseln, versuche, mich runterzukühlen und meine Nerven zu beruhigen. »Zutrauen würde ich es ihr. Spielt jetzt aber keine Rolle. Wichtig ist nur: Bedeutet diese Nachricht, dass wir auf der richtigen Spur sind?«

Erol schüttelt nachdenklich den Kopf. »Nicht zwangsläufig. Es ist ein starker Hinweis. Wir werden uns dieses Chateau im Wald sehr genau anschauen. Aber theoretisch kann die SMS von überall in Frankreich gekommen sein. Paris, Lyon, Marseille … Such dir was aus! Und – setz dich wieder hin!«

Er hat recht. Wir haben reichlich Aufmerksamkeit erregt. Die anderen Gäste auf der Terrasse starren uns neugierig an und auch die Chefin hinter der Kuchentheke wirft einen besorgten Blick zu uns herüber. Ich winke ihr zu und deute mit Daumen und Zeigefinger an, dass wir zahlen wollen.

»Was denkst du, woher sie das Handy hatte?«, fragt Erol.

»Keine Ahnung. Sie hat es auf jeden Fall nur sehr

kurz gehabt. Die Zeit hat gerade ausgereicht für dreieinhalb Sätze und hoffentlich dafür, die Nachricht aus dem Verlauf zu löschen.«

»Richtig«, ergänzt Erol mit einem Hauch Bewunderung in der Stimme. »Deshalb hat sie geschrieben: *Hierauf nicht antworten.* Sie befürchtet aufzufliegen, wenn wir die Nummer anwählen.«

»Ja! Wahrscheinlich. Aber darüber können wir später nachdenken. Irgendwas sagt mir, dass die Nachricht nicht aus Paris oder Marseille gekommen ist. Lass uns hier abhauen! Zimmer buchen, duschen, umziehen und los!«

Erol grinst und nickt: *»Oui, mon capitaine!«*

ZWEIUNDZWANZIG

Wir schaffen es tatsächlich, um 14.00 Uhr loszukommen. Natürlich haben wir beide nicht geschlafen, aber das macht nichts. Die bleierne Müdigkeit, die ich heute Morgen bei der Ankunft in La Petite-Pierre gespürt habe, ist einer nervösen Anspannung gewichen, die mich förmlich vibrieren lässt. Ich bin heilfroh, als wir endlich aufbrechen.

Die Ausrüstung ist schnell zusammengestellt. Erol hat einen kleinen Rucksack dabei, der für uns beide reicht. Der Mann an der Hotelrezeption hat uns netterweise ein Fernglas geliehen und im *Chez Sylvain* kaufen wir Sandwiches, Milch und Mineralwasser als Proviant für den Weg.

Schon nach einer halben Stunde sind wir von der Landschaft, die uns umgibt, restlos fasziniert. Zunächst wandern wir durch dichten Laubwald. Als wir dann den Richtungswechsel nach rechts vollziehen, lassen wir rote Sandsteinformationen hinter uns, die an gigantische Pilze erinnern. Hin und wieder treffen wir andere Wanderer, die lächeln und grüßen. Mit unserem Rucksack fallen wir hier tatsächlich nicht im Geringsten auf.

Der Naturpark Nordvogesen wirkt wie die riesige Kulisse eines Fantasyfilms. Mal ragen hohe rote Sandsteinfelstürme mit verwitterten Burgen über dicht bewaldeten grünen Hügelketten auf. Dann wieder reicht die Sicht grenzenlos weit bis zum Horizont über welliges Hügelland. Laut Erols Wanderführer gibt es im gesamten Park fünfunddreißig Burgen und Burgruinen, die meisten auf schroffen Felsen erbaut. Wir treffen auf stille Teiche und Weiher, überqueren ein Torfmoor und erreichen nach mehr als zwei Stunden eine saftige Waldwiese, auf der ein einzelnes zotteliges Hochlandrind mit gewaltigen Hörnern regungslos in der Sonne steht.

»Lass uns eine Pause machen«, sagt Erol.

Ich werfe einen misstrauischen Blick auf das Riesenrind und schaue mich dann nach einer schattigen Stelle am Rande der Wiese um. Mir ist ein bisschen schlecht. Die Nachmittagshitze und der fehlende Schlaf in der letzten Nacht machen mir zu schaffen. Und die Angst vor der Enttäuschung. Dauernd schwirrt mir ein Gedanke im Kopf herum: Was ist, wenn Nesrin nicht in dieser Klinik ist? Es kann Tage dauern, das überhaupt herauszubekommen. Wertvolle Zeit, die wir vergeuden würden, wenn wir eigentlich tatsächlich ganz woanders suchen müssten. Nur dass wir gar keine andere Spur haben. Wenn sie nicht in diesem Chateau ist, habe ich nicht die leiseste Idee, wohin man sie gebracht haben könnte.

Erol hockt sich in den Schatten, öffnet den Rucksack und reicht mir ein Stück Baguette. Ich schüttele den Kopf und greife stattdessen nach der Mineralwasserflasche, die leider schon reichlich aufgewärmt ist.

»Müssten wir nicht bald da sein?«

Erol nickt und kaut. »Wir *sind* praktisch da. Schau mal über die Wiese. Sie ist eine Art Hochplateau, hinter dem Zaun geht's ziemlich steil bergab, dann kommt eine Talsohle. Du kannst es von hier aus nicht sehen, aber das Chateau Lumière befindet sich genau in dieser Mulde.«

Mein Blick folgt seinem Finger. »Woher weißt du das so genau?«

»Google earth«, sagt Erol.

Bis zu diesem Weidezaun sind es vielleicht sechzig Meter. Erol scheint mir anzusehen, dass ich aufspringen und sofort dorthin laufen will. »Gib mir drei Minuten zum Essen«, sagt er. Ich verhalte mich ruhig und warte, bis er den letzten Bissen mit einem Schluck Wasser heruntergespült hat. Dann steht er auf und schnappt sich seinen Rucksack. »Ungefähr vier Meter vor dem Zaun gehen wir runter auf die Knie, den Rest robben wir. Für den Fall, dass von da unten zufällig jemand hochguckt. Nach der SMS sollten wir besser vorsichtig sein. Sagt mir mein Bauchgefühl.«

Ich nicke und werfe einen Blick über meine Schulter. Das Hochlandrind hat sich offenbar keinen Zentimeter von der Stelle gerührt. Beruhigt setze ich mich in Bewegung. Kurz vor dem Zaun gehen wir in die Hocke und kriechen dann darauf zu. Die Wiese dahinter fällt tatsächlich ungefähr fünfhundert Meter steil ab. Fast wie eine Bergalm.

Der Blick ins Tal ist ziemlich atemberaubend. Ein grünes Areal, das etwa die Größe von zwei Fußballfeldern hat. Es ist umgeben von einem hohen schmiedeeisernen Zaun, mit einem großen Tor an der Ostseite des Grundstücks. Die geteerte Straße für Forstfahrzeuge, die Erol heute Morgen erwähnt hat, endet hier.

Auf dem Gelände selbst befinden sich mehrere Gebäude, aber alle werden überragt von einem architektonischen Monster, das selbst im Sonnenlicht düster und bedrohlich wirkt. Eine Mischung aus riesiger Villa und Schloss. Mauern, grauschwarz wie bleierne Gewitterwolken, Türmchen, die aussehen, als seien sie nachträglich hinzugefügt worden, Erker ohne Ende, Fenster mit Rundbögen, Balkone und ein großes, prachtvolles Eingangsportal, zu dem ein paar Treppenstufen hinaufführen. Das Chateau Lumière ist erkennbar alt und strahlt dennoch eine seltsame Unverwundbarkeit aus, der die Zeit nichts anhaben konnte.

Von uns aus gesehen dahinter, befinden sich moderne, flache Wirtschaftsgebäude, die von hier oben wie Lagerhallen oder Werkstätten aussehen. Abgesehen von einem kleinen Parkplatz, auf dem ein paar Autos stehen, besteht der Rest der Fläche aus einer großen Parkanlage mit Bäumen und Blumenbeeten, in der allerdings keine Menschenseele zu entdecken ist.

Erol holt das Fernglas aus dem Rucksack und richtet es auf das Chateau. »Wow«, sagt er. »Das wird ein harter Brocken.« Fast fünf Minuten lang starrt er auf das Schloss und die Szenerie drum herum. Dann gibt er mir das Glas. »Guck dir die Fassade, das Eingangstor und die Bäume im Park genau an. Lass dir Zeit.«

Ich stelle das Glas auf meine Sehschärfe ein und schaue hindurch, aber es dauert eine ganze Weile, bis ich erkenne, was er meint. Der komplette Außenbereich ist gespickt mit Überwachungskameras. Wir beobachten das Tal noch eine Stunde lang und wechseln dabei mehrmals unsere Position, aber dort unten regt sich nichts. Was, verdammt, sollen wir jetzt tun? Die Minuten verrinnen. Als wir beinahe abbrechen wollen, verlassen vier Männer die Klinik, schlendern gemeinsam zum Parkplatz und steigen in ihre Autos. Wenig später nähert sich über die Zugangsstraße ein Kleinbus, aus dem ebenfalls vier Männer steigen und in das Chateau hineingehen. Erol schaut auf seine Uhr. »Denkst du, was ich denke?«

»Ja, um 17.30 Uhr ist Schichtwechsel.«

Erol nickt. »Hauen wir auch ab.«

»Nein«, sage ich. »Wir gehen da jetzt runter!«

DREIUNDZWANZIG

Aha!«, sagt Erol. »Und dann?« Er sieht mich an, als ob ich völlig übergeschnappt wäre. Vielleicht bin ich das sogar. Ich habe es satt, hier herumzuliegen und irgendwelche Pläne zu schmieden. Ich will etwas *tun!*

»Wir werden klingeln und verlangen, mit Nesrin Celik zu sprechen. Wir bluffen und behaupten einfach, der Arzt aus dem Wasserschloss hätte uns gesagt, dass sie hier ist.«

Erol schüttelt den Kopf. »Das kostet die einen Anruf in Holland und schon ist klar, dass wir lügen.«

»Ich weiß, aber die kurze Zeit können wir vielleicht nutzen, um uns umzusehen und einen Eindruck zu bekommen. Ich will ein Gefühl für den Laden kriegen und die Leute sehen, die dort arbeiten. Mit etwas Glück läuft uns auch ein Patient über den Weg.«

»Wenn wir nicht schon am Hauptportal abgewiesen werden, kommen wir allerhöchstens bis in die Eingangshalle. Was glaubst du, was du da sehen kannst?«

»Jedenfalls mehr als von hier oben!«

Erol verzieht das Gesicht. »Ja, mag sein. Aber wir haben nichts davon. Sie werden uns nicht reinlassen und sie werden nicht zugeben, dass Nesrin dort ist. *Wenn* sie überhaupt dort ist! Das Einzige, was diese Aktion bringt, ist, dass sie gewarnt werden. Wir erregen völlig unnötig ihre Aufmerksamkeit. In jedem Fall würden sie diesen Dr. Van Beek anrufen, unsere Beschreibung durchgeben und ab da auf der Hut sein. Wenn wir Pech haben, bringen sie Nesrin auch sicherheitshalber woandershin. Dann haben wir gar keine Chance mehr.«

»Scheiße!« Daran habe ich nicht gedacht. Ich hasse es, aber Erol hat recht. Trotzdem habe ich keine Lust, mich geschlagen zu geben. »Und was willst du sonst machen? Hier oben liegen bleiben?«

Erol grinst schwach. »Uns fällt noch was Besseres ein. Und wenn nicht, können wir immer noch deinen Frontalangriff starten. Dazu sollten wir aber auf der offiziellen Zufahrtsstraße hier ankommen. Uns von diesem Abhang her der Klinik zu nähern, sähe echt verdächtig aus.«

Auch damit hat er recht. Ich halte für heute besser die Klappe.

»Lass uns abhauen«, sagt Erol. »Morgen früh sind wir wieder da.«

VIERUNDZWANZIG

Am nächsten Morgen liegen wir um 10.00 Uhr an beinahe der gleichen Stelle wieder im Gras. Trotz der Übermüdung und der fünfstündigen Wanderung gestern habe ich sehr schlecht geschlafen und die halbe Nacht gegrübelt. Die Zuversicht, die ich nach Nesrins SMS gespürt hab, ist schnell verflogen und der Eindruck, den wir gestern Nachmittag von dem Chateau gewonnen haben, hat auch nicht dazu beigetragen, sie zurückzubringen. Das Haus da unten macht den Eindruck einer uneinnehmbaren Festung. Zäune, Kameras, wahrscheinlich haben sie auch Bewegungsmelder. Fehlen nur noch Wachhunde. Immer häufiger kommt mir der Gedanke, dass meine gesamte Suche nach Nesrin ein einziger Witz ist. Ich hätte gleich nach dem Gespräch mit der alten Lily zur Polizei gehen und Nesrins Familie anrufen sollen! *Du hast ein Versprechen gegeben, vergiss das nicht,* sagt Arnis kühle Stimme in meinem Kopf. *Und du hast ihre Spur zumindest bis zu diesem Wasserschloss verfolgt. Glaubst du, die Polizei wäre so weit gekommen? Die hätten nicht tagelang Nesrins Bild herumgezeigt, der Junkie hätte erst gar nicht mit ihnen geredet und sie hätten Leonardo weder gefunden noch mit Gewalt dazu gezwungen zu sagen, wo er Nesrin hingebracht hat. Die Polizei hätte eine Vermisstenanzeige aufgenommen und das wär's gewesen! Nach jugendlichen Ausreißern wird nicht aktiv gefahndet.*

Mag alles sein, denke ich missmutig. *Jetzt hängen wir jedenfalls fest!*

»Da tut sich was«, sagt Erol.

Tatsächlich rollt eine schwere Luxuskarosse die Zufahrtsstraße hinauf, passiert das schmiedeeiserne Tor und hält vor dem Hauptportal. Ein Chauffeur in einer Fantasieuniform öffnet die Beifahrertür und eine elegant gekleidete Frau steigt aus. Sie ist groß, blond, trägt High Heels und einen hellen Mantel, der selbst von hier oben teuer aussieht. Ihr Alter kann ich trotz des Fernglases nicht abschätzen. Irgendwas zwischen vierzig und sechzig. Der Fahrer geleitet sie an seinem Arm die kurze Treppe hinauf in die Klinik. Schwer zu sagen, ob er sie führt oder stützt.

»Was ist das für ein Auto?«, flüstere ich Erol zu.

»Ein Maybach Exelero. Spezialanfertigung. Der absolute Hammer! Ich hab' gedacht, der steht im Museum.« Die Bewunderung in Erols Stimme ist unüberhörbar.

»Reiche Kundschaft haben die hier.«

»Nicht nur reich«, widerspricht Erol. »Um an dieses Auto zu kommen, brauchst du mehr als Geld.«

Fünf Minuten später kommt der Chauffeur zurück, setzt sich hinters Steuer und braust davon. Erol schaut dem Wagen mit einem Ausdruck von Wehmut und Neid hinterher und reibt sich die Augen.

Dann hören wir in unserem Rücken ein Geräusch. Es klingt, als ob jemand mit einem Ast an einen Baum schlägt, sofort danach ertönt eine laute Stimme.

FÜNFUNDZWANZIG

Was zum Teufel macht ihr da?«

Erol und ich fahren erschrocken mit den Köpfen herum. Knapp sechzig Meter hinter uns, direkt am Waldrand, steht, lässig an einen Baum gelehnt, eine junge Frau. Sie trägt einen olivfarbenen Armeepullover mit Lederflicken an den Ellenbogen und hat die linke Hand in der Tasche einer löcherigen Jeans vergraben. In der rechten hält sie einen Knüppel.

Sie löst sich von dem Baum, nimmt die Hand aus der Tasche und kommt auf uns zugeschlendert. Ich frage mich, wie lange sie da gestanden haben mag. Gehört habe ich nichts, bevor sie an den Baum gehauen hat. Erol und ich beeilen uns, vom Boden hochzukommen. Er lässt das Fernglas unauffällig in seinem Rucksack verschwinden. Etwa zwei Meter vor uns bleibt die Fremde stehen, wirft einen kurzen Blick auf ihren Knüppel und lässt ihn ins Gras fallen. Aus der Nähe sieht sie doch jünger aus, als ich dachte. Siebzehn vielleicht. Ihr Haar ist kurz, dunkel und asymmetrisch geschnitten. Ein dicker schwarzer Haarschopf, von hinten nach vorn gekämmt, fällt ihr links bis weit ins Gesicht hinein. An der rechten

Kopfseite hingegen sind nur millimeterlange Stoppeln stehen geblieben. Auf ihrer Nase trägt sie eine große schwarze Nerdbrille, deren linkes Glas von den Haaren fast verdeckt wird, was sie irgendwie piratenhaft aussehen lässt.

»Ganz im Ernst, was macht ihr hier?« Ihre Stimme ist ein wenig heiser und sehr selbstbewusst.

»Wer will das wissen?«, fragt Erol. »Ist das dein Wald?«

»Ich heiße Milena Abbasian. Klar, ist das mein Wald. Du bist Türke, oder?«

»Und du bist irgendwie krankhaft neugierig? Kann das sein?«

Mein Blick wandert zwischen den beiden hin und her. Unfassbar, wie diese Begegnung innerhalb von fünf Sätzen eskaliert.

»Jetzt mal langsam«, sage ich. »Wir hatten einen schlechten Start, okay? Also, noch mal auf Anfang: Ich bin Ben, der da ist Erol und du heißt Milena, wenn ich alles richtig verstanden habe. Wem der Wald gehört, diskutieren wir später. Was willst du von uns?«

Milena überlegt einen Augenblick, zuckt mit den Achseln und lässt sich dann im Schneidersitz auf der Wiese nieder. Ihre Füße stecken in abgetragenen Cowboystiefeln, die aussehen, als seien sie hundert Jahre alt. Erol und ich folgen ihrem Beispiel und hocken uns ebenfalls hin. Schweigend starren wir uns an. Nach einer Weile beschließt sie, den Anfang zu machen.

»Ich habe euch seit zwei Tagen im Auge. Sehe,

wie ihr durch die Gegend streift und versucht, wie Wanderer auszusehen. Ihr macht das gar nicht so schlecht, aber ich weiß, dass ihr keine Touristen seid. Ihr beobachtet die Klinik da unten. Das Chateau Lumière. Und ich wüsste gerne, warum.«

»Wieso interessiert dich das?«

Milena zögert einen winzigen Moment, dann schaut sie uns geradeheraus an.

»Weil ich dasselbe tue.«

»Und jetzt hast du Angst, dass wir dir in die Quere kommen?«

»Ihr mir? Das wohl kaum.« Wieder dieser leicht überhebliche Tonfall, der ihr offenbar wichtig ist. »Nein … ich frage mich, ob wir nicht vielleicht ähnliche Interessen verfolgen.«

Erol schaut sie überrascht an. Und auf einmal gar nicht mehr so feindselig. »Was für Interessen verfolgst du denn?«

Milena streicht sich die Haare aus der Stirn und zum ersten Mal sehe ich den Rest ihres Gesichts. Es ist sehr hübsch. Mein Blick huscht zu Erol, der ein bisschen rot geworden ist.

»Ganz einfach«, sagt sie. »Ich werde diese Arschlöcher da unten fertigmachen!«

SECHSUNDZWANZIG

Klingt gut«, sagt Erol. Auf seiner Stirn haben sich ein paar Schweißperlen gebildet, die er mit einer schnellen Handbewegung wegwischt.

Ich blicke hoch in den Himmel. In dem wolkenlosen Blau zieht ein großer Habicht seine Kreise. Es ist warm und windstill. Erol hat seine Lederjacke ausgezogen und lässt die Oberarmmuskeln spielen. Das Vogelgezwitscher vom Waldrand ist verstummt und die Atmosphäre zwischen uns mit einer Spannung aufgeladen, wie ich sie noch nie gespürt habe.

»Wollen wir die Karten auf den Tisch legen?«, fragt Milena.

»Fang du mal an«, sage ich vorsichtig.

Wieder streicht sie sich die Haare aus dem Gesicht und ich überlege, ob man sich so eine Frisur zulegt, damit die rechte Hand immer was zu tun hat.

»Mein Bruder Narek ist da unten gestorben. Ich glaube, dass diese Leute daran schuld sind.«

Erol und ich starren sie erschrocken an. Hat sie gerade wirklich »gestorben« gesagt? Meine Gedanken sind sofort bei Nesrin und ein sehr kalter Finger scheint mein Rückgrat entlangzustreichen. Erol holt aus seinem Rucksack eine Wasserflasche, nimmt einen kräftigen Zug und reicht sie an Milena weiter, die ebenfalls trinkt. Als die Flasche bei mir ankommt, ist kaum noch Wasser drin und es schmeckt warm und abgestanden.

»Tut mir leid, mit deinem Bruder, wie ist das …?«, fragt Erol.

»Ihr seid dran«, unterbricht ihn Milena. »Was wollt ihr von denen da unten?«

Ich räuspere mich. Obwohl ich gerade getrunken habe, ist meine Kehle schon wieder trocken. »Ich vermute, dass eine Freundin von mir sich dort aufhält. Entweder zur psychiatrischen Behandlung oder einfach weggesperrt. Auf jeden Fall nicht wirklich freiwillig.«

Milena nickt nachdenklich. »Seid ihr sicher, dass sie dort ist?«

»Nein«, antwortet Erol. »Es ist ein vager Verdacht, der sich seit gestern erhärtet hat.«

»Wie seid ihr auf diese Klinik gestoßen?«

»Durch einen Hinweis, den wir in Holland bekommen haben.«

Milena zuckt etwas zusammen und befördert ihre Haartolle dieses Mal mit einer kräftigen Kopfbewegung aus der Stirn. »Die Burg in der Nähe von Amsterdam?«

»Du kennst das Wasserschloss? Und das Institut im Westflügel auch?«

»Oh ja«, sagt Milena düster. »Das Institut kenne ich nicht nur, ich war sogar drin.«

»Gut.« Erols Tonfall ist ruhig, doch ich sehe ihm an, dass Milenas Worte ihn genauso elektrisiert haben wie mich. »Dann hast du uns was Entscheidendes voraus. Würdest du erzählen, wie du da rein- und vor allem wieder rausgekommen bist?«

Milena nickt, schweigt aber zunächst eine Weile und hängt ihren Gedanken nach. »Das Rauskommen war kein Problem«, sagt sie schließlich. »Sie haben mich ganz normal gefeuert.«

»Klingt ziemlich geheimnisvoll.« Ich versuche zu lächeln, aber mir ist nicht danach. »Würde es dir was ausmachen, von vorne zu beginnen?«

»Ja«, sagt Erol. »Wenn's geht, *ganz* von vorne?«

»Okay, das wird etwas länger dauern. Wollen wir in den Schatten gehen?«

»Ich find's ganz schön hier«, erwidert Erol.

Milena verzieht das Gesicht und streicht ihre Haare beiseite. Sie scheint zu überlegen, wo sie anfangen soll. »Meine Familie wohnt in Frankfurt«, beginnt sie. Ihre Stimme klingt jetzt belegt und nicht mehr so selbstbewusst. »Also, was noch von ihr übrig ist. Eigentlich nur meine Eltern und ich. Narek ist tot, meine Großeltern sind letztes Jahr gestorben, mein Onkel und meine Tante wurden ausgewiesen. Ich war vier, als wir nach Deutschland kamen. Nach Frankfurt-Bonames, um genau zu sein. Ben-Gurion-Ring, keine gute Gegend, aber wir stammen aus Armenien und waren nicht verwöhnt.«

Ich überlege, wo Armenien liegt. Irgendwo im Kaukasus? Keine Ahnung. Als Erol sie gebeten hat, ganz von vorne zu beginnen, hat er vielleicht nicht *so weit* vorne gemeint.

Sie wirft ihm einen merkwürdigen Blick zu, so, als ob sie wegen ihrer Herkunft einen Spruch von ihm erwartet. Als er keine Miene verzieht, macht sie weiter. »Narek und ich fanden es super. Gegen Armenien war die Scheiß-Plattenbausiedlung in Frankfurt echt cool. Für meine Eltern müssen vor allem die ersten Jahre sehr hart gewesen sein. Aber wir Kinder haben davon nichts mitgekriegt.«

Erol hat seinen Rucksack geöffnet und reicht Milena eine frische Flasche Wasser. Warum zum Teufel hat er sich geweigert, einen schattigeren Platz zu suchen? Milena macht ihre Ankündigung wahr. Das hier wird etwas länger dauern.

»Irgendwie sind wir zurechtgekommen«, fährt sie fort. »Meine Eltern haben Arbeit gefunden. Nicht die besten Jobs, Reinigungsfirmen, Küchenhilfe und so was, aber unser Leben war okay.« Sie schließt einen Augenblick die Augen und nickt dann bekräftigend.

»Ich hab' 'ne Menge Blödsinn gemacht in der Zeit, aber trotzdem waren Narek und ich gut in der Schule. Und nicht nur da. Ich hatte ein spezielles Feeling für Computer und er zeichnete schon mit zwölf Jahren fantastische Comics …«

Milenas Stimme ist brüchig geworden. Die Erinnerung an ihren Bruder setzt ihr zu. Erol räuspert sich. »Erzähl uns von Narek. Wie war er?«

Milena hebt den Kopf und schaut ihn mit Tränen in den Augen an. Dennoch scheint sie froh, dass er gefragt hat. Ich wische mir den Schweiß aus dem Gesicht und nehme einen Schluck aus Erols Flasche.

»Lieb war er«, sagt Milena leise. »Ein Träumer mit einem fantastischen Talent fürs Zeichnen.«

Die Tränen laufen ihr jetzt die Wangen runter und mit einer entschlossenen Handbewegung wischt sie die beiseite. »Er konnte alle möglichen Cartoonisten aus dem Kopf nachahmen. Narek erfand Geschichten mit Lucky Luke, Asterix, Mickymaus und Batman, die von den Originalen kaum zu unterscheiden waren, und hatte auch schon Pläne für eine eigene Comicserie. Ich bekam in der siebten Klasse einen alten PC geschenkt und schrieb nach einem Monat meine ersten Programme. Alles lief gut, bis vor zwei Jahren der Brief von der Ausländerbehörde kam.«

Milena trinkt einen Schluck Wasser und lässt ihren Blick zwischen Erol und mir hin- und herwandern. Ich ahne, was jetzt kommt, verstehe aber nicht, was es mit dieser Klinik da unten im Tal zu tun haben soll.

»Sie wollten euch rausschmeißen?« Ich versuche, mir meine Ungeduld nicht anmerken zu lassen.

»Ja! In diesem Brief stand, dass wir gar kein wirkliches Recht hätten, in Deutschland zu sein. Wir waren nur *geduldet*. Ein nettes Wort, oder? Und mit dieser Duldung wär' jetzt Schluss. Nach mehr als zehn Jahren wurden wir aufgefordert, das Land zu verlassen. Der Schock war unbeschreiblich. Ich konnte wochenlang kaum schlafen. Papa und Mama sind vor Sorge fast durchgedreht.«

Obwohl die Ereignisse, von denen Milena erzählt,

schon zwei Jahre zurückliegen, klingt die Wut in ihrer Stimme frisch und intensiv.

»Meine Eltern legten Widerspruch ein, alle möglichen Vereine boten Unterstützung an und unsere Mitschüler erklärten sich solidarisch. Eine Menge Leute hat versucht, uns zu helfen, doch eines Tages hatten wir die endgültige Ablehnung aller Anträge im Briefkasten. Und das Ausreisedatum gleich mit. Genau an diesem Tag stand abends der Anwalt vor der Tür.«

Endlich dämmert mir was.

»Ein echter Anwalt?«, fragt Erol.

»Ein echter Anwalt mit einem echt guten Angebot.«

»Das was mit einem Schloss in Holland zu tun hatte?«

Milena nickt mir zu. »Yep! Der Typ sah wirklich klasse aus. Graue Haare, Nadelstreifenanzug, Aktenkoffer. Sehr seriös und freundlich. Angeblich hatte ihm jemand aus der Schule von unserem Härtefall berichtet. Er könne uns möglicherweise zu einem dauerhaften Bleiberecht verhelfen, sagte er. Am Ende vielleicht sogar zu einer Einbürgerung. Wir waren völlig geplättet. Kennt ihr das Gefühl, wenn man denkt, man wäre restlos geliefert, und wird dann in letzter Sekunde gerettet? Wie im Film?«

Erol und ich nicken und ich denke an Leonardos Garage.

»Es hat ein bisschen gedauert, bis er rausgerückt hat, was wir für diese Hilfe tun müssten, aber als wir davon erfuhren, war die Freude doppelt groß.«

»Warum?«, fragt Erol.

»Wir fanden, dass das absolute Peanuts waren, was er von uns wollte. Er hat uns von Studien zur Intelligenzforschung in Holland erzählt. Für die dauernd neue Versuchspersonen in unserem Alter gesucht würden. Es war die Rede von zwölf Monaten täglichem Unterricht, ständigen Testungen und Untersuchungsreihen mit Medikamenten.«

»Das kam euch nicht irgendwie verdächtig oder gefährlich vor? Dass ein Anwalt euch als Versuchskaninchen anheuern wollte?«, will ich wissen.

Milena zuckt traurig mit den Achseln. »Damals nicht. Im Gegenteil, Narek und ich haben uns angesehen und gedacht: Weiter *nichts?* Richtig ausgeflippt vor Begeisterung sind wir dann, als uns der Anwalt Fotos von der Wasserburg gezeigt hat, von dem Park drum herum und den wunderschönen Einzelzimmern mit Fernseher, Playstation und WLAN. Ganz zu schweigen von der unvorstellbaren Menge Geld, die wir am Ende des Jahres bekommen sollten.«

»Sechzigtausend für jeden?«, frage ich.

Milena sieht mich überrascht an und nickt. »Wir haben praktisch sofort Ja gesagt. Was auch sonst, angesichts der Alternativen. Meine Eltern haben am selben Abend unterschrieben. Einen zwanzig Seiten dicken Vertrag, von dem sie wahrscheinlich nur einen Bruchteil verstanden haben. Es gab Einverständniserklärungen, Datenschutzerklärungen, Erklärungen zur Hausordnung und so weiter. Was uns da schon hätte stutzig machen sollen, war die Verschwiegenheitsklausel. Gleich auf Seite eins des Vertrages. Der Anwalt hat dreimal erklärt, dass wir zu niemandem über diese Vereinbarung und unseren Aufenthalt sprechen dürften. Wenn wir es doch täten, würden wir sofort aus der Studie fliegen, bis ans Ende unserer Tage verklagt werden und kein Geld bekommen. Und natürlich eine Woche später in einem Flugzeug nach Jerewan sitzen. Dass wir das kapierten, war für ihn das Wichtigste überhaupt.«

»Und habt ihr das kapiert?«, will Erol wissen.

»Klar«, sagt Milena bitter. »Und es war uns scheißegal. Das war die Chance unseres Lebens und wir mussten nur noch zugreifen.«

»Wie ging es dann weiter?«

Milena wirft mir einen frustrierten Blick zu. »Eine Woche später hat uns eine Limousine abgeholt und zu dem Wasserschloss gebracht. Der Empfang war superfreundlich und alles so, wie der Anwalt es geschildert hatte. Wir waren absolut happy!«

»Und warum haben sie dich gefeuert?«, fragt Erol.

Milena zuckt mit den Achseln. »Man bewilligte uns zwei Tage zur Eingewöhnung. Die Institutsleitung nutzte die Zeit, um mit allen den Vertrag noch einmal durchzugehen und uns haargenau vor Augen zu führen, was wir oder unsere Eltern unterschrieben hatten. Neben der Verschwiegenheitsklausel waren natürlich Alkohol, Nikotin und Drogen verboten, auch durfte das Institut nicht ohne Erlaubnis verlassen werden, man musste sich an die strenge

Hausordnung halten und versprechen, immer brav alle Tabletten zu nehmen. Der ganze Tagesablauf war genau geregelt. Handys waren zum Beispiel nur eine Stunde am Tag erlaubt und wurden danach eingesammelt. Auf alle Verstöße gegen den Vertrag stand immer dieselbe Strafe: sofortiger Rauswurf mit heftigen rechtlichen Konsequenzen und Verlust der kompletten sechzigtausend Euro. Noch am letzten Tag der zwölf Monate konnte man alles verlieren.

Niemand von uns hat sich daran gestört. Wir dachten alle, das ist normal, dass man sich für diese Wahnsinnssumme zusammenreißen muss.«

Milena nickt wie zur Bestätigung ihrer eigenen Worte und lässt sie einen Augenblick wirken. Sie sieht jetzt ein bisschen erschöpft aus, fast abwesend. Ich dagegen bin ziemlich am Ende meiner Geduld angelangt. Es ist nicht fair, doch am liebsten würde ich die Worte aus ihr herausschütteln. Erol wirft mir einen finsteren Blick zu und ich nehme mich zusammen.

»Du wolltest erzählen, wieso du rausgeflogen bist«, erinnert Erol sie.

Milena schaut ihn an und nickt erneut. »Nach der Eingewöhnungsphase sollten die ersten Testreihen mit einem neuen Präparat starten. Vorher wurden alle Teilnehmer umfassend medizinisch untersucht. Tja, und dabei hat mich sozusagen meine Vergangenheit eingeholt. In meinem Blut stellten sie einen ziemlich hohen THC-Gehalt fest. Kein Wunder, ich hab' mit vierzehn mit dem Kiffen angefangen. Ich weiß nicht genau, warum, doch für die Ärzte war das ein Grund, mich von der Studie auszuschließen. Pech, aber nicht zu ändern. Sie gaben sich mit Narek zufrieden und versicherten mir, dass die Vereinbarung wegen des Bleiberechts trotzdem gültig wäre. Ich war ziemlich traurig, aber nicht am Boden zerstört. Hauptsache, wir durften in Deutschland bleiben. Sie gaben mir fünfhundert Euro als Aufwandsentschädigung und drückten mir ein Flugticket in die Hand. Und so war ich schnell zurück in Frankfurt.«

»Ohne Narek«, ergänzt Erol überflüssigerweise.

»Ja, ohne Narek! Ich hätte ihn niemals allein lassen dürfen! Glaubst du, ich weiß das nicht?« Milenas Stimme ist ein wütendes Zischen.

»Himmel, so war es nicht gemeint!« Erol sieht aus, als ob er auf der Stelle im Wiesenboden versinken möchte.

Milena winkt resigniert ab. »Narek war super drauf, als ich abgeflogen bin. Und lange Zeit danach auch noch. Anfangs hat er mir jeden Tag geschrieben. Dann nach sechs Monaten wurden die SMS und WhatsApp-Nachrichten weniger, aber immer beteuerte er, dass es ihm gut ginge und er ein fantastisches Leben hätte. Dann, ungefähr drei Monate vor Ablauf des Jahres, bekamen wir den Brief. Ein gewisser Dr. Van Beek schrieb uns, Narek sei wegen einer akuten Psychose in ein psychiatrisches Krankenhaus eingeliefert worden und habe sich in einem Sanatorium namens Chateau Lumière das Leben genommen. Die französische Polizei hatte die Angelegenheit untersucht und den Selbstmord bestätigt. Angeblich war mein Bruder von einem Turm des Sanatoriumsgebäudes heruntergesprungen.

Der Brief änderte alles. Meine Eltern sind zusammengebrochen und haben sich bis heute nicht mehr erholt. Allerdings hatten sie noch genug Kraft, sich auf einen letzten Deal einzulassen.«

Die plötzlich aufflammende Wut und Bitterkeit in Milenas Stimme lässt Erol und mich erschrocken aufschauen.

»Wie meinst du das?«, frage ich.

»Sie haben sich kaufen lassen von dem Anwalt. Ich habe das erst alles nach und nach herausgefunden, aber unterm Strich ist Folgendes passiert: Mein Bruder kam in einem teuren Sarg nach Frankfurt zurück und der Anwalt bezahlte die Beerdigung. Er hat meinem Vater einen guten Job bei einem Autobauer in Rüsselsheim besorgt und meinen Eltern die deutsche Staatsbürgerschaft innerhalb eines Jahres versprochen. Im Gegenzug haben sie schriftlich auf eine Obduktion des Leichnams und weitere Untersuchungen verzichtet und versichert, über alles, was geschehen ist, Stillschweigen zu bewahren.«

Milenas Stimme ist während der letzten Sätze immer leiser geworden. Den Tod ihres Bruders und die Folgen für ihre Familie noch einmal zu durchleben, macht ihr zu schaffen. Ich schäme mich für meine Ungeduld.

»Und was war mit dir?« In Erols Stimme schwingt eine Wärme mit, die mich überrascht.

»Mir ist es sehr schlecht gegangen«, erwidert Milena tonlos. »Ich habe tagelang geheult und geflucht. Schlafen und Essen ging gar nicht mehr. Innerhalb von einem Monat war ich auf fünfundvierzig Kilo runter. Ich war die Einzige, die sich mit Nareks Tod nicht abfinden wollte. Und ich konnte meinen Eltern nicht verzeihen, dass sie es versuchten. Mittlerweile tauche ich nur noch selten in Bonames auf. Die Schule habe ich geschmissen und mache jetzt was völlig anderes.«

Ich verspüre den starken Impuls, sofort zu fragen, was sie jetzt tut, aber ihr letzter Satz hat sich wie ein Schlusspunkt angehört.

»Gut«, sage ich stattdessen, »dann erzählen wir jetzt, was uns hierhergebracht hat.«

Milena hebt ihre Hand. »Moment! Mir ist das jetzt echt zu heiß hier. Ich will raus aus der Sonne. Lasst uns zu meinem Ferienhaus gehen und da weiterreden.«

Erol und ich wechseln einen fassungslosen Blick.

»Du hast Geld, um ein Ferienhaus zu mieten?«, will er wissen.

Milena schenkt ihm ein müdes Lächeln. »Geldsorgen sind die einzigen, die ich nicht habe.«

SIEBENUNDZWANZIG

Zwanzig Minuten laufen wir durch den Wald, der hier sehr undurchdringlich ist. Manchmal liegen dicke Baumstämme quer über dem Weg, ab und an sind die Pfade ganz mit Farn überwuchert. Wir passieren einen grün schimmernden großen Teich und stoßen schließlich auf eine Lichtung, auf der die unvermeidlichen Hochlandrinder zusammen mit ein paar Rehen grasen. Direkt am Waldrand steht eine große Blockhütte, die wie ein Forsthaus aussieht. Über der Haustür hängen Rehgeweihe. Es gibt eine Terrasse mit Gartenmöbeln und Sonnenschirm und direkt daneben einen Carport, obwohl ich weit und breit keinen Weg entdecken kann, auf dem ein Auto Platz hätte. Die Fenster sind mit soliden Rollos versehen und auf dem Dach ist eine Satellitenschüssel montiert.

»Wow«, sagt Erol. »Was kostet denn so was?«

»Achthundert die Woche. Mit WLAN.« Milena schließt die Tür auf und wir betreten einen kühlen, halbdunklen Raum, der sich als Kombination aus Wohnzimmer und Küche herausstellt. Alles gemütlich und ziemlich schick eingerichtet.

»Es gibt zwei Schlafzimmer, ein Bad und eine

Gästetoilette. Packt euer Zeug irgendwohin und macht es euch bequem.«

Wir stellen unseren Rucksack ab und setzen uns aufs Sofa, während Milena zum Kühlschrank geht und mit drei eiskalten Coladosen zurückkommt. Erol wirft ihr einen bewundernden Blick zu. »Du bist echt gut ausgerüstet. Woher hast du so viel Kohle?«

Milena grinst spöttisch. »Kann es sein, dass du auch krankhaft neugierig bist?«

»Gut möglich.« Erol lächelt zurück und schafft es tatsächlich, nicht rot zu werden.

»Bevor wir weiter über mich reden, hätte ich gerne gewusst, wieso *ihr* hier seid und was ihr genau vorhabt«, sagt Milena.

Ich nehme einen großen Schluck von der Cola und dann erzähle ich von Nesrin, ihrer Flucht, meiner Suche nach ihr und was Erol und mich von Holland hierhergebracht hat. »Den letzten Teil deiner Frage kann ich nicht beantworten«, schließe ich. »Wir wissen noch nicht, was wir vorhaben. Wir können nicht mal genau sagen, ob Nesrin da unten in dem Gebäude ist.«

»Da kann ich euch vielleicht helfen. Aber eins nach dem anderen. Ihr wolltet wissen, was ich gemacht habe, nachdem mit der Schule Schluss war, und woher mein Geld stammt?«

»Vor allem der zweite Punkt«, grinst Erol.

Milena starrt ihn einen Augenblick schweigend an und entschließt sich dann zu einem sonnigen Lächeln. »Ich war im Erpressungsgeschäft!«

ACHTUNDZWANZIG

Ähh … wie jetzt?« Erol vergisst, seinen Mund zu schließen. Er ist tatsächlich sprachlos, was in der Zeit, die wir uns kennen, noch kein einziges Mal vorgekommen ist.

Milena wischt ihren Haarschopf beiseite und kassiert das Lächeln wieder ein. Ihre Stimmung scheint von einer Sekunde auf die andere zu kippen. »Das ist eine echt krasse Geschichte, die ich noch nie jemandem erzählt habe.«

Erol beugt sich vor und starrt sie an. So, als ob er kaum glauben kann, wohin seine harmlose Frotzelei wegen Milenas Geld geführt hat. »Wir würden sie gern hören«, sagt er ernst.

»Ja klar«, sagt Milena, lässt sich aber noch einmal reichlich Zeit, bevor sie beginnt. Schließlich holt sie tief Luft. »Nach Nareks Tod ging es mir total dreckig. Hab' ich ja vorhin erzählt.«

Erol und ich nicken synchron.

»Er fehlte mir so sehr, dass ich völlig durchgedreht bin. Wochenlang lief ich heulend herum, hab' geraucht wie verrückt und jede Mahlzeit postwendend wieder ausgekotzt. An manchen Tagen bin ich gar nicht erst aufgestanden, außer um Gras zu kaufen. Meine Eltern trauten sich nicht, mich aus dem Bett zu werfen. Eigentlich trauten sie sich nicht mal in mein Zimmer. Mit der Schule, das war eh gelaufen und auch sonst hatte ich mich überall ausgeklinkt. Freunde, Social Media, mir war alles scheißegal!«

»Wie lange ging das so?«, will ich wissen.

»Ein paar Monate. Keine Ahnung, mein Zeitgefühl war völlig im Eimer. Ich weiß nur noch, dass ich eines Morgens aufgewacht bin und nach meinem Handy gegriffen habe.« Milena schleudert ihren Haarschopf aus den Augen, was irgendwie trotzig aussieht, und gibt ein raues Lachen von sich. »Der erste Schritt zurück ins Leben sozusagen.«

Erol und ich nicken wieder. Wir wissen ziemlich genau, was sie meint.

»Ich hab' dann meine Nachrichten durchgesehen und bin über eine WhatsApp von Piet Uhlmann gestolpert. Er lud mich ein, ihn in Dublin zu besuchen, und bat mich, meine E-Mails zu checken.«

»Wer ist jetzt Piet Uhlmann? Ein Freund von dir?«, fragt Erol. Ich bilde mir ein, eine winzige Spur Eifersucht in seiner Stimme wahrzunehmen.

Milena schüttelt den Kopf. »Eher ein Bekannter. Ein Informatikstudent, der an der Uni Schnupperkurse für Oberstufenschüler gegeben hat, die sich für das Fach interessierten. Ich hatte zwei davon belegt und fand ihn ziemlich cool. Was ich damals schon draufhatte, hat ihn beeindruckt, aber wieso er mich eingeladen hatte, war mir schleierhaft. Eigentlich wär' eine Reise nach Dublin auch sowieso nicht infrage gekommen.«

»Natürlich nicht«, sagt Erol.

Milena ignoriert den Einwurf. »Trotzdem hat mich das schon neugierig gemacht. Dieser Piet war immer sehr nett gewesen und ich erinnerte mich, dass mir sein Humor gefallen hatte. Ein typischer Nerd. Mager, Pferdeschwanz, Nickelbrille, enormer Durchblick. Vielleicht ...«

Milena schüttelt nachdenklich den Kopf. »Vielleicht war ich damals auch ein bisschen verknallt, keine Ahnung. Den ganzen Tag sträubte ich mich dagegen, aber abends hab' ich dann mein Notebook nach einer Ewigkeit wieder aufgeklappt und fand unter hundert Mails eine Einladung zu einer exklusiven Fachtagung zum Thema IT-Sicherheit. Die eine Woche später stattfinden sollte, und zwar in einer Bar in Dublin.«

»Kam dir das nicht reichlich merkwürdig vor?«, frage ich.

Milena zieht die Schultern hoch. »Doch, total! Aber auch spannend. Ich fand es schmeichelhaft, dass jemand wie Piet Uhlmann ausgerechnet mich persönlich einlädt. Nach Dublin. Krasser Scheiß, hab' ich gedacht. Und was auch komisch war: Als ich versuchte, die Herkunft der Mail zu checken, biss ich auf Granit. Ich war damals schon sehr gut bei so was, aber der Absender war schlicht unauffindbar.«

»Ist das schwierig, sich so zu verstecken?«, will Erol wissen.

»Mittlerweile weiß ich, wie es geht«, erwidert Milena. »Aber damals hat es mich schwer begeistert. Einen Tag habe ich auf der Sache rumgekaut und mir dann gedacht: Warum nicht? Ich hatte in Frankfurt nichts mehr verloren. In der Wohnung erinnerte mich alles an Narek, mit meinen Eltern konnte ich nicht mehr reden und die ganze Scheißstadt hing mir zum Hals raus. Also hab' ich mein Sparkonto leer geräumt und einen Billigflug nach Dublin gebucht.«

Milena trinkt einen großen Schluck aus ihrer Cola-Dose, bevor sie weiterspricht. »In die Bar wollten sie mich erst gar nicht reinlassen, weil ich nicht volljährig war. Doch während der Türsteher herumgezickt hat, kam Piet Uhlmann aus dem Nebenraum und brachte ihn mit einem Hundert-Euro-Schein zum Schweigen. Fand ich auch cool. Dann stellte er mich den anderen vor.«

»Was waren das für Leute?«, will Erol wissen.

»Noch drei Männer und zwei Frauen. Alle zwischen zwanzig und dreißig. Piet ist Deutscher, die anderen drei Jungs kamen aus Holland, die Mädels aus der Schweiz und Frankreich. Die erste halbe Stunde war reiner Small Talk, doch dann wurden die Fragen präziser und fachlich anspruchsvoller. Trotzdem hat es noch ein Weilchen gedauert, bis ich kapiert hab', was da abging: Es war ein Casting. Ich hatte eine Art Vorstellungsgespräch bei einer Gruppe von Hackern.«

»Die wollten echt, dass du bei ihnen einsteigst?« Erol kann es irgendwie nicht glauben und rutscht aufgeregt auf seinem Stuhl herum.

»Yep! Und ich habe nicht gezögert, nachdem ich erfuhr, was genau sie machen. Mein Gehirn war damals in keinem guten Zustand. Was mich nicht daran gehindert hat, ihnen eine Menge Kohle einzubringen. Sie hatten schon vorher gut verdient, aber mit meiner Hilfe haben sie richtig abgesahnt.«

»Bei was?«

Milena antwortet nicht gleich. Vielleicht hat sie Bedenken, auch den Rest ihrer Karten aufzudecken, vielleicht ist es ihr bei allem Stolz auf ihre Fähigkeiten auch unangenehm zu erzählen, was sie getan hat. Sie scheint intensiv nachzudenken. Erol und ich warten geduldig, bis sie sich schließlich einen Ruck gibt.

»Okay, ist jetzt auch egal«, sagt sie. »Die Gruppe ist darauf spezialisiert, Krankenhäuser und medizinische Einrichtungen mit Erpressungssoftware anzugreifen. Sie hacken deren Server und schleusen Ransomware ein, die große Teile der Klinikcomputer lahmlegt. Es kommt daraufhin zu Störungen in Röntgen- und E-Mail-Systemen, zu Verzögerungen bei riskanten Operationen, zu Problemen beim Schutz der Patientendaten usw. Nach ein paar Tagen erhält die Klinik das Angebot, alle diese Probleme innerhalb einer Stunde zu beseitigen, wenn ein entsprechendes Lösegeld gezahlt wird.«

»Ach, du Scheiße«, sagt Erol. »Und die bezahlen das wirklich?«

»Sehr oft, ja. Wenn Menschenleben und Behandlungen von solchen Systemen abhängen, entscheidet man sich lieber dafür, einige Tausend Euro zu bezahlen. Wichtig ist, dass nicht zu viel Geld gefordert wird und die Öffentlichkeit nichts erfährt. Die Summe muss für das Krankenhaus tragbar sein und sie müssen die unauffällig verbuchen können. Zum Beispiel als externen IT-Service. Als vor einiger Zeit die Computer-Systeme des Hollywood Presbyterian Medical Centers auf einmal gesperrt waren, verlangten die Hacker rund fünfzehntausend Dollar für den Entschlüsselungscode. Die Klinik bezahlte das Lösegeld mit der Begründung, dass dies im Sinne des Patientendatenschutzes sei und man gar nicht anders könne. Man sieht, Bescheidenheit zahlt sich aus.«

»Das warst doch nicht etwa du?« Ich starre Milena entgeistert an. Mir ist ein bisschen übel von ihrer Geschichte.

Sie schüttelt den Kopf. »Nein, aber ich weiß, wer es war. Und, um es gleich zu sagen: Ich habe damit aufgehört!«

»Wie lange hast du das gemacht?«, will Erol wissen.

»Vierzehn Monate und drei Tage. Ich habe einen Haufen Geld bekommen und viel gelernt, aber es war mir zu schmutzig. Und Piet Uhlmann war nach ein paar Monaten auch nicht mehr so nett.« Milena zieht die Schultern hoch. Mit diesem Kapitel scheint sie wirklich abgeschlossen zu haben.

»Und die haben dich einfach so ziehen lassen?«

»Sie haben es mir nicht schwer gemacht. Ich kann nichts ausplaudern, ohne mich selbst zu belasten. Abgesehen davon, planten sie, ein paar Spielcasinos anzugreifen, um an das wirklich große Geld zu kommen. Da wäre ich sowieso draußen gewesen. Die Idioten haben keine Ahnung, mit wem sie sich da anlegen.«

»Schon mal dran gedacht, das erpresste Geld zurückzugeben?«, fragt Erol.

»Schon mal dran gedacht, dich um deinen eigenen Scheiß zu kümmern?« Milena funkelt ihn aus ihrem freien Auge an und hat die Temperatur ihrer Stimme in den Minusbereich abgesenkt.

Erol sieht bekümmert aus, hält ihrem Blick aber stand. Ich schaue von einem zum anderen. Auf keinen Fall werde ich mich hier einmischen.

»Ich habe aufgehört mit dem Hacken, aber ich mache noch eine letzte Ausnahme«, sagt Milena nach einer Schweigeminute. »Und zwar in der Sache, wegen der wir alle hier sind. Was danach passiert, weiß ich auch nicht.«

Erol und ich nicken beinahe gleichzeitig.

»Kommt mal mit rüber ins andere Zimmer. Ich zeig' euch was.«

NEUNUNDZWANZIG

Wir folgen ihr, und obwohl ich mit so was Ähnlichem gerechnet habe, bin ich von dem Anblick beeindruckt. Es gibt ein großes Bett, einen Kleiderschrank und eine Kommode in diesem Zimmer. An den Wänden hängen geschmackvolle Kunstdrucke. Die Rollos sind so weit heruntergelassen, dass nur schmale Streifen zwischen den Lamellen Tageslicht und sommerliche Wärme hereinlassen. In einer Zimmerecke steht ein großer Ventilator, der auf den Schreibtisch an der Wand ausgerichtet ist und für angenehme Kühle sorgt.

Auf diesem Schreibtisch befinden sich vier Laptops, zwei externe Festplatten, ein Faxgerät und ein Drucker. Auf dem Fußboden jede Menge elektronisches Equipment, dessen Verwendungszweck ich nicht einmal ahnen kann. Dazu Kabelsalat ohne Ende.

Erol wirft Milena einen faszinierten Blick zu. »Wie hast du das ganze Zeug hierherbekommen?« Die Spannung ist offensichtlich verflogen.

»Ich hab's neutral verpackt und mit UPS nach La Petite-Pierre geschickt. Dort gibt es ein Taxiunternehmen, das einen Land Rover hat. Für den war der Wald kein Problem. Setzt euch irgendwohin. Ich will versuchen, es möglichst einfach zu erklären«, beginnt Milena und nimmt selbst hinter ihrem Schreibtisch Platz. *Der Standardspruch aller Computerfreaks, wenn sie was erklären sollen: Ich will versuchen, es möglichst einfach …* Ich mache mich auf das Schlimmste gefasst.

»Wenn ihr nicht jedes Detail versteht, spielt das keine Rolle: Also, ich habe dieses Chateau Lumière da unten und vor allem *Bakersfield Pharmaceuticals* gehackt. Auf den Namen bin ich irgendwann gestoßen, als ich nach Nareks Tod das Institut in der Wasserburg unter die Lupe genommen habe. Es handelt sich um ein international aufgestelltes Pharmaunternehmen, das sich spezialisiert hat auf Medikamente, die alle etwas mit dem Nervensystem zu tun haben. Medis gegen Epilepsie, die Parkinsonkrankheit, Depressionen, so was in der Art. Ich kenne mich da nicht aus, aber ihr wisst, was ich meine. Alle möglichen Krankheiten, die das Gehirn betreffen.«

»So weit waren wir auch schon«, sagt Erol.

Milena wirft ihm einen leicht genervten Blick zu, verzichtet aber auf einen Kommentar und spricht ungerührt weiter.

»Wenn sie ein neues Mittel auf den Markt bringen wollen, müssen sie sich an sehr strenge Regeln halten. Nicht nur in Deutschland und Europa, sondern vor allem auch in Nordamerika. Forschung, klinische

Studien und die Genehmigungsverfahren dauern Jahre und kosten einen Haufen Geld. Unser Konzern, der hauptsächlich in Europa hockt, ist nach außen so was wie ein Musterknabe in der Branche. Er hält sich an die Gesetze, hat die Tierversuche eingeschränkt, legt Wert auf Transparenz und kriegt keine negative Presse. Ich zeige euch mal die Verteilung des Unternehmens in Europa.«

Milena geht zu einem ihrer Laptops, ruft mit ein paar Mausklicks eine Landkarte auf und präsentiert uns eine Reihe von deutschen und europäischen Städten, die mit Linien verbunden sind. »Es gibt eine Zentrale in München und im ganzen Land eine Reihe von Standorten, aber auch Niederlassungen in Siena, Dublin, Porto, Gent und Kopenhagen. In Deutschland sind alle IT-mäßig durch ein eigenes Kommunikationsnetz miteinander verbunden. Es nennt sich ›Informationsverbund Bakersfield-München‹ kurz IVBM. Dazu gehören auch viele staatliche Stellen, wie zum Beispiel Genehmigungsbehörden und Patentämter, zu denen ständige Kontakte bestehen. Betreiber dieses Netzes ist ein öffentlicher Telefonanbieter, der auch die spezielle Hardware entwickelt hat. Daraus ergibt sich nun eine gewisse Schwachstelle des Systems und für die haben sie sich echt was einfallen lassen.«

Zu meinem Erstaunen komme ich bis jetzt noch einigermaßen mit. Milena kann besser erklären als alle Nerds, die ich kenne. Sie scheint das Hacken als sportliche Herausforderung zu betrachten. Dass man dafür auch in den Knast gehen kann, ist ihr offenbar scheißegal. Und ich wette, Erol, der fasziniert an ihren Lippen hängt, sieht das auch so. Auf jeden Fall macht sie munter weiter.

»An den Schnittstellen von IVBM und öffentlichem Telefonnetz sind sogenannte SINA-Boxen installiert, die eine verschlüsselte Verbindung über ein VPN, ein virtuelles privates Netzwerk herstellen. Das bedeutet, dass der Datenverkehr in einer Art virtuellem Tunnel verläuft, der besonders gesichert ist. Die Verbindungen zwischen IVBM und öffentlichem Internet sind durch doppelte Firewalls geschützt. Es gibt einen inhaltlichen Filter, der Viren und Trojaner blockt, und einen formalen, der bestimmte IP-Adressen und Verbindungsprotokolle abhält. Die IT der einzelnen Behörden und Unternehmensniederlassungen sind natürlich selbst auch noch mal abgesichert.«

Milena wirft uns einen Beifall heischenden Blick zu und Erol tut ihr den Gefallen. »Und da bist du rein?«

Seine Schmachterei geht mir auf die Nerven und gleichzeitig denke ich fieberhaft darüber nach, wie wir Milenas Fähigkeiten nutzen können, um Nesrin zu befreien. In meinem Kopf nimmt ein vager Plan Gestalt an. Ein Plan mit vielen Fragezeichen.

»Yep! Eine echte Herausforderung.« Milena grinst triumphierend.

»Wie zum Henker geht so was?«, will Erol wissen.

»Ganz langsam und extrem vorsichtig. Zuerst

braucht man einen Türöffner. Du schickst zum Beispiel einem Sachbearbeiter eine Mail mit PDF-Anhang. Es ist sein Job, solche Anhänge zu öffnen, und die Wahrscheinlichkeit ist hoch, dass er es tut. Ein harmloser Klick und sein PC wird zum Einfallstor für den Hack. Ist der Schadcode auf seinem Rechner, muss er nur noch aktiviert werden. Das passiert, wenn eines der Programme automatisch Zusatzelemente ausführt, sogenannte Makros. Habt ihr bestimmt schon mal gehört?«

Erol nickt allen Ernstes. Ich hab' von den Dingern noch nie was gehört, aber Milenas Frage war sowieso rhetorisch gemeint, denn sie spricht sofort weiter.

»Wenn ich erst mal im Netzwerk drin bin, versuche ich, mich auszubreiten, also auf solche Computer zu kommen, die über mehr Zugriffsrechte und Informationen verfügen. Ich taste mich von Rechner zu Rechner. Dazu suche ich gezielt nach Passwörtern von Administratoren. Wenn das funktioniert, melde ich mich mit denen auf anderen Rechnern an und komme so nach und nach an Informationen und Daten. Die schicke ich dann wiederum an einen Server im Internet, den ich kontrollieren kann. In diesem Fall ist das der von meiner alten Schule.«

»Du bist echt dreist«, sagt Erol bewundernd.

Milena grinst übermütig. »Das Ding hab' ich schon vor Jahren übernommen. Die Firewall war derart lächerlich – das hätte meine Mikrowelle besser hingekriegt!«

Ich sehe Erol gleichzeitig grinsen und den Kopf schütteln. Milena hat garantiert viele gute Eigenschaften. Bescheidenheit gehört nicht dazu. Auf jeden Fall reicht es mir jetzt.

»Okay«, sage ich. »Was ich verstehe, ist, dass du deren Kommunikationsnetz gehackt hast. Gut und schön. Doch was hast du über das Unternehmen selbst herausbekommen? Du hast eben gesagt, die seien sauber.«

»Sie sind sauber, weil sie sich selbst die Hände nicht schmutzig machen. Das lassen sie andere tun. Es hat fast zwei Wochen gedauert, bis ich nachvollziehen konnte, dass etliche leitende Angestellte des Unternehmens gut getarnte Kontakte zu sehr merkwürdigen Kreisen pflegen und diese auf verdeckte Weise auch finanzieren.«

»Du meinst Kriminelle?«, fragt Erol.

»Nicht unbedingt. Zunächst mal gibt es überall in Europa ähnliche kleine Forschungszentren wie das ›Institute for High-Level Potentialities Research‹. Ich habe in Deutschland, Belgien, Holland, Frankreich, Spanien und Polen welche entdeckt. Alle haben ähnlich hochtrabende Namen und alle beschäftigen sich mit Intelligenz, Gedächtnis, Konzentration und Hochbegabung. Und mit Substanzen, die die Leistung in diesen Bereichen erhöhen.«

Ich denke an die Telefon- und Adressenliste, die ich im Sekretariat des Wasserschlosses gesehen habe. Hängen diese kleinen Institute alle miteinander zusammen? Gibt es einen Austausch zwischen ihnen?

Ungewöhnlich ist auf jeden Fall ihr Auftreten in der Öffentlichkeit: Die Forschungszentren legen zwar allergrößten Wert auf Diskretion, aber sie *verstecken* sich nicht! Stattdessen machen sie die Testpersonen mit Knebelverträgen mundtot und sich selbst mit Geld unangreifbar.

»Bist du draufgestoßen, dass sie etwas wirklich Illegales tun?«, will ich wissen.

Milena schüttelt den Kopf. »Bin ich nicht. Doch sie experimentieren mit den teuersten Versuchskaninchen der Welt. Die sie auf raffinierte und skrupellose Weise ködern. Sie halten Ausschau nach Jugendlichen, die in einer speziellen Notlage sind, und bieten sich selbst als letzter Ausweg an. Bei Narek und mir war es das Aufenthaltsrecht in Deutschland. Kann durchaus sein, dass Leute wie wir in Zukunft häufiger ins Visier geraten. In der Wasserburg habe ich einen jungen Pakistani kennengelernt, der in einem Flüchtlingslager auf Lesbos angesprochen wurde und ein Flugticket nach Amsterdam bekommen hat.«

»Faizan?«, frage ich und spüre ein sanftes Krampfen in der Magengrube. Sofort habe ich sein Bild vor Augen. Wie er auf dem Parkweg am Wasserschloss herumtanzt und mir wegen Nesrin eine Heidenangst einjagt. *Man hat sie wegbringen müssen …*

Milena nickt nur. »Sie suchen sich Obdachlose und Straßenkids, jugendliche Ausreißer, Schulabbrecher ohne Perspektive oder einfach junge Leute, die auf bequeme Art schnelle Kohle machen wollen und bereit sind, entsprechende Risiken einzugehen. Es ist ein System von Zuckerbrot und Peitsche. Besonders interessiert sind sie an Kids, die spezielle Talente oder Fähigkeiten auf irgendeinem Gebiet haben. Je krasser, desto besser. Wisst ihr, was eine Inselbegabung ist? Damit ist gemeint, dass jemand eine Sache unglaublich gut kann und in allen anderen Bereichen nichts auf die Reihe kriegt. Ich habe mich da schlaugemacht. Dieser Faizan ist ein gutes Beispiel dafür: Er ist ein herausragender Schachspieler und ansonsten eine ziemliche Hohlbirne. Ein würdiger Nachfolger von Bobby Fischer.«

»Von wem?« Die Geschwindigkeit, mit der Milena ihre Informationen rausschießt, nervt mich mittlerweile ein bisschen. Ich erinnere mich allerdings, dass Faizan den Namen erwähnt hat.

Sie lässt zischend ihren Atem entweichen und sieht uns an wie begriffsstutzige Kinder. »Große Güte, den habe ich gegoogelt! Was denn sonst! Wenn ihr *genial verrückte Schachspieler* eingebt, kriegt ihr 'ne ganze Mannschaft. Bobby Fischer war von allen verrückten der bekannteste!«

»Also, ich kenne diesen Fischer auch nicht, aber bei Faizan liegst du richtig«, mischt sich Erol ein.

»Faizan ist 'ne arme Socke«, widerspreche ich. »Kein Grund, auf ihm herumzuhacken.«

»Er hört's ja nicht!« Milena zieht genervt die Augenbraue hoch, die nicht von ihrer Haartolle bedeckt ist. »Okay, immerhin hat er euch die Kugelschreiber gegeben! Fragt sich nur, wieso er die hatte. Schließlich vermeidet das Unternehmen jeden Anschein einer Verbindung zu den kleinen Forschungszentren. Aber egal erst mal. Es geht denen nicht nur um Leute wie Faizan. Die Institute sind auch durchaus interessiert an ›normalen‹ Testpersonen. Ich nehme an, sie brauchen sie für Vergleichsstudien …«

»Ja! Ja! Ja!«, unterbreche ich sie ungeduldig. »Was machen sie denn jetzt Schlimmes? Das kann doch nicht alles erlaubt sein! Hast du was gefunden, das gegen irgendwelche Gesetze verstößt?«

»Nein, nicht wirklich. Aber drei Sachen sind auf jeden Fall verdächtig und fragwürdig. Erstens, warum geben sie für die Versuchspersonen derartig viel Geld aus?«

»Bekommen Teilnehmer an medizinischen Studien nicht immer Geld dafür?«

»Schon, aber nicht so viel. In Deutschland nehmen ungefähr zehntausend Leute im Jahr an solchen Studien teil. Die meisten machen das wegen des Geldes. Je höher das Risiko, desto mehr Kohle gibt es.«

»Was sind die beiden anderen verdächtigen Punkte?«, fragt Erol.

»Hab' ich ja schon gesagt. Sie suchen sich gezielt Testpersonen, die in der Klemme stecken. Die nicht nur dringend Geld brauchen, sondern auch auf besondere Weise erpressbar sind. Und drittens, das ist, glaube ich, der wichtigste Punkt: Das Unternehmen will mit den Instituten offenbar auf keinen Fall in Verbindung gebracht werden.«

»Was denkst du, worum es hier geht?« Ich bin gespannt, ob Milena auch in den anderen Punkten zu denselben Schlussfolgerungen gelangt ist wie Erol und ich.

»Ich glaube, es wird ein Wirkstoff getestet, der irgendwie die Hirnleistung beeinflusst. Es geht um Dosierung und Gefährlichkeit. Dass eventuelle Nebenwirkungen beträchtlich sein können, haben wir bei meinem Bruder und deiner Freundin gesehen. Offenbar kann man sauber durchdrehen, wenn man das Zeug nicht verträgt. In beiden Fällen ist das Problem unter der Hand gelöst worden. Narek hat ihnen den Gefallen getan, sich selbst aus der Welt zu schaffen, und mit meinen Eltern hatten sie leichtes Spiel. Nesrin haben sie einfach mal weggesperrt, und wenn du ihr nicht gefolgt wärest, hätte kein Hahn danach gekräht.«

Milena hat recht. Wenn ich mich nicht in Nesrin verliebt hätte, wäre ich ihr nicht nachgereist. Und Erol hätte ohne mich nicht den Hauch einer Chance gehabt, sie zu finden. Nesrin wäre einfach so von der Bildfläche verschwunden. Ich fühle mich wie jemand, der um ein Haar in einen leeren Fahrstuhlschacht getreten wäre, und versuche, den Gedanken abzuschütteln, aber er hat sich mit zahlreichen Widerhaken in meinem Gehirn festgesetzt.

»Du hast vorhin gesagt, du könntest uns vielleicht helfen herauszufinden, ob Nesrin überhaupt dort unten ist«, wende ich mich an Milena.

»Ja, das könnte ich vielleicht. Wisst ihr, was die besondere Ironie an der ganzen Sache ist? Die Leute da unten haben das Bedürfnis, wirklich alles zu kontrollieren – und genau deshalb können wir bei ihnen reingucken!«

DREISSIG

Die Kameras«, sage ich.

Die ganze Zeit habe ich darüber nachgedacht, dass sie der Schlüssel zu Nesrins Befreiung sein könnten.

»Genau!« Milena wirft mir einen anerkennenden Blick zu. »Die IT von der Klinik da unten zu hacken, war nicht übermäßig schwer, aber sie waren noch in anderer Hinsicht sehr entgegenkommend. Sie haben ihren Kontrollraum nämlich auch noch mit Kameras ausgerüstet. Wir können den Überwachern beim Überwachen zugucken. Schaut mal hier!«

Milena dreht sich zu einem ihrer Laptops um, lässt die Finger über das Touchpad gleiten, dann erscheint auf dem Display ein großes schwarz-weißes Bild. Es zeigt einen Raum, dessen eine Wand nur aus Monitoren zu bestehen scheint. Vor dieser Wand stehen Schreibtische, die PC-Arbeitsplätze für fünf Securitymitarbeiter bieten. Zwei der Stühle sind besetzt. Von Männern mittleren Alters, die ihre Sakkos ausgezogen und ihre Krawatten gelockert haben. Sie unterhalten sich ungezwungen und entspannt, behalten aber dabei die Monitore an der Wand aufmerksam im Auge. Ich scanne die Bildschirme im Schnelldurchgang. Keine Spur von Nesrin.

»Wir können sehen, was sie sehen«, sagt Erol. »Und wann sie es sehen«, ergänze ich. Milena nickt.

Das Ausmaß der Überwachung ist wirklich beeindruckend. Ich zähle sechzig Monitore, auf denen der gesamte Innen- und Außenbereich des Chateaus zu sehen ist. Es gibt Bilder von der steil abfallenden Wiese, auf die Erol und ich heute Morgen noch heruntergeschaut haben, vom Parkplatz und den Gartenanlagen. Man kann den Eingangsbereich sehen, dann eine Art Empfangshalle mit Rezeption, die Fahrstühle und eine breite, luxuriöse Holztreppe, die in großen Bögen nach oben führt. Flure und Korridore, Arztzimmer, eine Großküche, Konferenzräume und ein kleines Fitnesscenter – alles ist einsehbar. Nur irgendwelche Patienten sind nirgendwo zu entdecken. Ich werde von Sekunde zu Sekunde nervöser.

»Ich kann die Kameras in den einzelnen Bereichen auch direkt ansteuern, dann ist die Bildqualität natürlich besser«, sagt Milena.

»Wo sind die Patientenzimmer?« Vor Aufregung bekomme ich kaum einen klaren Ton heraus, aber Milena versteht mich. Sie zeigt auf einen zweiten Laptop, dessen Display jetzt ein gestochen scharfes Bild von einem langen Flur zeigt.

»In der dritten Etage. Hier sind die Bilder von den beiden Kameras, die das gesamte Stockwerk im Visier haben. Es gibt achtzehn Zimmer für ebenso viele Bewohner. Neun auf jeder Seite des Korridors. Sie sind etwa zwanzig Quadratmeter groß und sehr gut ausgestattet. Flachbildfernseher, WLAN, eigenes Bad mit Dusche, schöne Einrichtung. Zurzeit ist alles belegt. Und zwar von Patienten, die man grob in zwei Sorten unterteilen kann. Die größere Gruppe, vierzehn, um genau zu sein, haben eigene Schlüsselkarten, wie man sie von Hotelzimmern kennt. Die restlichen vier Personen haben keine. Das heißt, ihre Räume werden zentral verriegelt oder mit einer Karte des Pflegepersonals auf- und zugeschlossen. Es sind die Nummern 15 bis 18 am Ende des Ganges. Ich nehme mal an, die Bewohner sind nicht freiwillig hier.«

»Werden die Zimmer auch videoüberwacht?«, will Erol wissen.

»Das ist prinzipiell möglich. In allen sind Kameras installiert, aber nur in den letzten vier Räumen sind sie aktiviert und senden Bilder.«

»Lass uns die ansehen.«

Milena nickt mir zu und befasst sich erneut mit ihrem Notebook. »Nummer 15 können wir auslassen. Der Bewohner ist männlich. Er liegt im Bett. Sie haben ihn gestern übel zusammengeschlagen, weil er einen Pfleger angegriffen hat. Hab' ich alles auf Video. Ich werde dafür sorgen, dass ihnen das noch leidtut.«

Sie schaltet ein Zimmer weiter. Wir sehen eine Frau Mitte vierzig, die auf einer Bettkante sitzt. Sie hat grauschwarzes, kurz geschnittenes Haar und beschäftigt sich mit einem Zauberwürfel, den sie, vor sich hin murmelnd, in den Händen dreht.

»Was sagt sie?«

Milena zuckt mit den Schultern. »Keine Ahnung. Es gibt keine Tonübertragung und Lippenlesen kann ich nicht. Ich weiß nicht, ob sie auch mal aufsteht und was anderes macht, aber jedes Mal, wenn ich bei ihr reingeschaut habe, saß sie genauso da.«

Ich betrachte die Frau und der einsame und trostlose Anblick geht mir an die Nieren. Was mag in ihrem Kopf vorgehen? Es sieht nicht so aus, als ob sie überlegt und systematisch versucht, die Rätsel des Würfels zu lösen. Ihre Hände bewegen sich unablässig und mechanisch und ihr Geist scheint sehr weit weg zu sein. Wo wird Nesrins Geist sein, wenn ich sie finde?

»Weiter«, sagt Erol.

In Nummer 17 wohnt ebenfalls eine Frau, die von einem großen Sessel aus im Fernsehen ein Musikvideo verfolgt. Sie sieht hübsch und zerbrechlich aus, ist blond, trägt kurze Radlerhosen und ein Tank-Top, das den Blick auf jede Menge tätowierte Haut freigibt. Ich schätze sie auf Anfang zwanzig, und ob sie von dem Programm wirklich etwas mitbekommt, ist fraglich. Ihr Gesichtsausdruck ist so leer wie eine frisch geputzte Schultafel.

Milena wirft Erol und mir einen fragenden Blick zu und wir schütteln die Köpfe. Sie schaltet in das letzte Zimmer – und dort ist niemand.

Ich zucke zusammen und spüre den vertrauten Krampf im Magen. »Keine Panik«, sagt Milena. »Sie wird im Bad sein.«

Oder man hat sie rausgeholt, um irgendwas mit ihr anzustellen, denke ich. Vielleicht hat man sie weggebracht. Minuten verrinnen. Dann tritt eine schmale Gestalt ins Bild, die ich sofort erkenne. Nesrin trägt ein weites T-Shirt und Jogginghosen. Ihr Haar ist dunkel, ob blau oder schwarz lässt sich in dem Video nicht erkennen. Sie läuft unruhig im Zimmer hin und her, bleibt dann unvermittelt stehen und schaut direkt in die Kamera. Einen Augenblick lang frage ich mich, ob sie spürt, dass ich sie sehe. Ihr Gesicht drückt Resignation und Verwirrung aus und doch nehme ich in ihrem Blick etwas von der Nesrin wahr, die ich kenne. Etwas von ihrem analytischen Verstand und dem übermütigen Selbstbewusstsein, das sie bei unserem Abschied im Bootshaus ausgestrahlt hat. Der Moment verstreicht, sie wendet ihr Gesicht ab und nimmt ihre Wanderung durch das Zimmer wieder auf.

»Stell das ab«, sagt Erol und zieht sein Handy aus der Tasche.

Milena tut, was er sagt, und runzelt fragend die Stirn. »Was hast du vor?«

»Ich rufe jetzt die Polizei. Wir haben Nesrin gefunden und es ist eindeutig, dass sie gegen ihren Willen hier ist. Die sollen sie da rausholen und dann können wir abhauen.«

Milena schüttelt den Kopf. »Die werden nicht einfach kommen, nur weil ein paar deutsche Teenies anrufen. Punkt eins. Zweitens: Wie gut ist dein Französisch? Die Leute in dieser Gegend verstehen zwar Deutsch, aber nur, wenn sie wollen Was aber am wichtigsten ist: Ich wette, dass sie eine Einweisung von einem französischen Psychodoktor vorweisen können. Dass sie nicht freiwillig hier ist, kann sie gerne behaupten, aber wenn ein Psychiater bescheinigt hat, dass sie zum Beispiel selbstmordgefährdet ist, nützt das gar nichts.«

»Mit Irrenanstalten kennst du dich auch aus?«, fragt Erol.

»Unter anderem«, sagt Milena.

»Und, was schlägst du vor?«

Milena zuckt mit den Schultern.

»Gut«, sage ich, »dann gehen wir mit deiner Hilfe da rein und holen sie raus.«

Milena starrt mich kühl an. »Ach ja? Tun wir das? Und was ist, wenn ich andere Pläne habe?«

EINUNDDREISSIG

Mit allem habe ich gerechnet, nur damit nicht. Erol geht es genauso. Ich höre ihn zischend die Luft einziehen und sein Gesichtsausdruck verfinstert sich.

»Was für Pläne?«, fragt er mühsam beherrscht. »Ich habe gedacht, wir ziehen an einem Strang, was diese Leute da unten angeht.«

»Ich habe euch gesagt, ich will die Arschlöcher fertigmachen. Und das wird auch geschehen. Ich werde ihnen so viel Geld abnehmen, dass es richtig wehtut. Schluss mit der Bescheidenheit. Heute Abend werden sie merken, dass ihre IT den Bach runtergeht, und morgen früh erfahren sie, was es kostet, sie wieder zum Laufen zu bringen.«

»Und? Was soll es kosten?«, fragt Erol bitter.

»Fünfhunderttausend.« Milena klingt nicht mehr ganz so selbstsicher, als sie den Betrag nennt.

Erol schaut sie ungläubig an. »Du bist völlig verrückt«, sagt er dann ruhig.

»Findest du?«

»Ja, finde ich. Weil du dir gar nicht überlegt hast, was für ein Laden das da unten ist. Das ist doch kein normales Krankenhaus mit ein paar Hundert Patienten, das auf seinen guten Ruf achten muss. Da werden keine lebenswichtigen Operationen oder Therapien durchgeführt, keine Röntgenaufnahmen gemacht, nichts in der Art. Nicht mal mit irgendwelchen Krankenkassen müssen sie abrechnen. Warum sollten die sich erpressen lassen? Die sind *nicht* völlig im Eimer, wenn ihre Computer nicht funktionieren! Das ist eine topdiskrete Suchtklinik für Reiche, die nebenher ein paar Durchgedrehte aufbewahrt, die bei Drogenexperimenten ganz woanders angefallen sind. Für einen Bruchteil von deinen Fünfhunderttausend bestellen die einfach eine Servicefirma oder kaufen sich gleich neue Computer. *Capisci?*«

Milena sitzt wie vom Donner gerührt da und auch ich bin verblüfft, wie Erol mit wenigen Sätzen den gewaltigen Denkfehler in ihrem Plan auf den Punkt gebracht hat.

»Ich muss mal raus«, sagt Milena, springt auf und ist durch die Tür, bevor Erol oder ich irgendwas entgegnen können.

»Gut gemacht«, sage ich. »Unfassbar, dass jemand so klug und gleichzeitig so beschränkt sein kann.«

»Und so hübsch«, sagt Erol verträumt.

»Was hat das jetzt mit irgendwas zu tun?«

»Ich wollte, ich hätte ihr das nicht sagen müssen.«

»Die kommt schon zurück.«

Das tut sie auch, aber vorher lässt sie uns eine halbe Stunde schmoren und sieht dann immer noch stinkwütend aus. »Also, was wollt ihr von mir?«

»Den blöden Tonfall kannst du gleich wieder einpacken!«, fahr' ich sie an. »Meine Freundin ist da unten eingesperrt und du hast nur die Scheißkohle im Kopf. Wenn wir Nesrin da raushaben, kannst du meinetwegen durch die Gegend tingeln und erpressen, wen du willst. Aber vorher hilfst du uns.«

Milena schaut mich gekränkt an. Der Vorwurf, nur an das Geld zu denken, hat sie offenbar getroffen.

»Wie genau?«

»Kannst du die elektronischen Schlösser da unten manipulieren?«

»Klar«, sagt Milena, »ist der Papst katholisch?«

»Mit Sicherheit!«, mischt sich Erol ein. »Und wenn du jetzt noch deine Arroganz an die Leine legst, könnten wir vielleicht einen Plan machen.«

Milena zuckt zusammen und wird zum ersten Mal rot. Erols gewohnt diplomatische Art scheint zu ihr durchzudringen. Sie fegt sich die Haare aus der Stirn und funkelt uns aus grünen Augen an. Ihr Gesicht ist immer noch leicht gerötet und verschwitzt. »Okay! Ich gebe auf. Einmal! Ausnahmsweise. Was soll ich tun?«

»Du musst uns führen und im richtigen Augenblick die Türen öffnen.«

»Und du musst helfen, die Jungs in dem Überwachungsraum auszutricksen. Wir dürfen auf deren Monitoren nicht auftauchen«, ergänze ich.

Milena nickt. »Wenn wir einen Plan haben, wie ihr reinkommt und welche Wege ihr in der Klinik nehmt, wissen wir auch, welche Kameras ich manipulieren muss. Ich kann zum Beispiel von den Aufnahmen, die eine völlig leere Empfangshalle zeigen, eine fünfminütige Kopie ziehen. In dem Augenblick, in dem ihr die Halle durchquert, jubele ich der Überwachungskamera diese Sequenz unter, die dann auch im Kontrollraum zu sehen sein wird. Sobald ihr den überwachten Bereich passiert habt, lasse ich die Kamera zu der aktuellen Übertragung zurückkehren. Es gibt nur einen gewaltigen Haken bei der Sache.« Milena schließt die Augen und denkt angestrengt nach.

»Welchen Haken?«, will Erol wissen.

»Der Time Code.« Milena hat die Augen wieder geöffnet und schaut uns ernst an. »Ich kann den Time Code nicht ändern. Vielleicht gibt es eine Möglichkeit, aber ich kenne sie jedenfalls nicht.«

»Du meinst …?«

»Genau«, unterbricht ihn Milena. »Wenn einer der Leute in dem Kontrollraum wirklich darauf *achtet*, wird er merken, dass die unten rechts eingeblendete Zeit deutlich hinter der aktuellen zurückliegt, was nur einen Schluss zulässt.«

»Dass was faul ist!«

Milena nickt.

»Das Risiko gehe ich ein. Und ich glaube auch, so groß ist es nicht. Wenn ich stundenlang auf so viele Monitore gucken müsste, hätte ich mit den Bildern genug zu tun, ohne auch noch irgendwelche Uhrzeiten abzugleichen.«

Erol schaut mich an und zieht erstaunt die Augenbrauen hoch. »Was bringt dich auf die Idee, dass *du* da runtergehen wirst?«

»Ganz einfach! Nesrin ist *meine* Freundin. Du bist nur ein abgeblitzter Verlobter! Was meinst du, wie sie reagiert, wenn du da plötzlich in der Tür stehst?«

Erol verzieht empört das Gesicht und ich sehe, dass ihm eine bissige Antwort auf der Zunge liegt, aber er schluckt sie runter.

»Ihr Jungs seid zum Totlachen«, sagt Milena kopfschüttelnd. »Ich brauche etwa neunzig Minuten für sechzehn Videosequenzen. Ob das die richtigen sind, werden wir sehen. Ihr könnt euch in der Zeit nützlich machen und was zu essen vorbereiten. Ich habe Tiefkühlpizza und Zutaten für einen großen Salat. Kriegt ihr das hin?«

Erol lächelt großspurig. »Was soll denn *die* Frage? Ich hab' schon gekocht, als du gerade gelernt hast, wie man Computer *schreibt!*«

ZWEIUNDDREISSIG

Während Milena sich mit ihren Laptops beschäftigt, schneide ich Zwiebeln, Tomaten und Paprika und Erol verschwindet für eine halbe Stunde, um in der Umgebung des Hauses nach Pilzen zu suchen. Er kommt mit einem Topf voller Champignons zurück, mit denen wir die Tiefkühlpizza aufmotzen. Dann mixt er aus einer Tüte Studentenfutter, ein paar Bechern Naturjoghurt und einer großen Portion Honig einen türkischen Blitznachtisch, der nach dreißig Minuten im Kühlschrank super schmeckt.

Eineinhalb Stunden später verputzen wir alles bis auf das letzte Salatblatt und Milena leckt genüsslich die Dessertschüssel aus. »Hätte nicht gedacht, dass ihr zwei so was zustande bringt.«

»Klaro! Die Zubereitung einer warmen Mahlzeit ist viel zu wichtig, um sie einer Frau zu überlassen«, grinst Erol und weicht geschickt einer Gabel aus, die Milena völlig bedenkenlos in seine Richtung schleudert. Sie zeigt ihm den Mittelfinger, aber so furchtbar sauer scheint sie nicht zu sein. Die beiden harmonieren prächtig.

»Wenn ihr das Geschirr gespült habt, können wir anfangen«, sagt Milena.

Erol und ich wechseln einen Blick und gehorchen sofort. Danach kehren wir an den Tisch mit den Computern zurück.

»Okay«, sagt Milena. »Wir machen es heute Nacht. Ich sehe keinen Sinn darin, länger zu warten. Hier mein Vorschlag, wie es gehen könnte: Wenn Ben um halb zwei heute Nacht von hier losmarschiert, kann er um zwei am Weidezaun sein. Im Dunkeln ist es schwierig, sich im Wald zurechtzufinden, aber ich habe eine Stablampe, damit müsste es gehen.« Sie nickt mir zu. »Wenn du den Zaun erreicht hast, solltest du mindestens einhundertfünfzig Meter nach rechts und erst dann die Wiese hinuntergehen. Auf diese Weise landest du an der Rückseite des Gebäudes, wo sich der Eingang zum Keller befindet. Wenn du den erreicht hast, musst du dich bei mir melden. Unser Nachteil ist, dass ich dich während des ganzen Ausfluges nicht sehen kann. Du musst mir also sagen, wann du wo ankommst und welche Türen ich öffnen soll. Wir stehen die ganze Zeit über Handy in Kontakt. Du bekommst von mir ein Headset mit einem megaguten Mikro. Noch das leiseste Flüstern wird hier oben glasklar zu hören sein.«

»Weißt du, wie es in dem Keller aussieht?«, fragt Erol.

»Nur grob. Ich habe keinen Grundriss oder so was. Es gibt insgesamt vier Kameras da unten. Hier auf meinem Monitor könnt ihr sehen, welche Bilder sie in den Kontrollraum schicken. Die erste deckt den Außenbereich der Kellertür ab. Du wirst von ihr erfasst, sobald der Bewegungsmelder anspringt und den ganzen Bereich beleuchtet. Das tut er wegen irgendwelcher Wildtiere Dutzende Male pro Nacht. Also machst du Folgendes: Du bleibst in Deckung, wirfst einen Tannenzapfen in Richtung Kellertür, und wenn das Licht angeht, schicke ich der Kamera die manipulierte Sequenz und öffne dir die Tür.«

»Wenn ich drin bin, geht es über diesen Flur weiter?« Die zweite Aufnahme auf Milenas Display zeigt einen langen, weiß gestrichenen Kellergang, von dem zahlreiche Türen abzweigen.

»Genau! Das ist die zweite Kamera. Hinter den Türen sind vermutlich Vorratsräume, die Heizungsanlage oder was weiß ich. Kann dir egal sein. Geh einfach geradeaus bis zu der großen steinernen Treppe, die nach oben führt.«

»Und auch eine Kamera hat?«

»Ja! Zwei Schritte vor der ersten Stufe brauche ich eine Info, damit ich umschalten kann.«

»Wo endet diese Treppe?«

»An einer Tür, die in die Empfangshalle führt und ebenfalls kameraüberwacht ist. Wo genau in der Halle du rauskommst, weiß ich leider nicht, aber du musst dich bei mir melden, bevor du sie betrittst.«

»Okay!«

»Gut, du durchquerst die Halle und gehst zu der großen Holztreppe. Bevor du hinauf in den dritten Stock schleichst, sagst du noch mal Bescheid, okay …?«

»Eine blöde Frage, wenn du gestattest«, unterbricht Erol. Milena nickt.

»Warum willst du jede Kamera einzeln manipulieren? Spiel doch auf alle gleichzeitig die gefakten Sequenzen auf und Ben marschiert einfach durch?«

»Drei Gründe. Erstens taucht dann auf fünfzehn oder mehr Monitoren der falsche Time Code gleichzeitig auf. Das Risiko, dass jemand das merkt, ist erheblich größer. Zweitens haben wir hier ja auch ein Auge auf die Leute im Kontrollraum und sehen, was die sehen. Wenn wir alle Kamerabilder gleichzeitig türken, kann ich Ben nicht mehr warnen, wenn sich ihm irgendwer nähert. Vielleicht läuft da eine Nachtschwester über die Gänge oder ein Patient macht Ärger. Das müssen wir mitkriegen. Drittens finde ich es gut, wenn wir in regelmäßigen Abständen mit Ben Kontakt haben und wissen, wo er gerade ist.«

Erol atmet tief durch und nickt anerkennend. »Das mit dem ›Türken‹ der Kamerabilder ist dir zufällig rausgerutscht, oder?«

»Natürlich«, erwidert Milena liebenswürdig. »Ich würde niemals Witze über Türken oder Deutsche machen. Aber es gibt einen Punkt, über den wir noch sprechen müssen. Alle *getürkten* Videosequenzen dauern jeweils nur sechs Minuten.«

Milena wirft Erol einen Blick zu und genießt seinen Gesichtsausdruck, bevor sie weiterspricht. »In dieser Zeit muss Ben jeweils die einzelnen Überwachungsstationen passiert haben.« Sie wendet sich mir zu. »Wenn alles glattgeht, ist das gar kein Problem. Falls dich aber in einem Bereich jemand aufhält und du die Zeit überschreitest, bist du in voller Schönheit im Kontrollraum zu sehen.«

»Warum das Limit?«

Milena schaut mich ernst an. »Wieder wegen des Time Codes. Je länger die Fakes laufen, desto größer das Risiko.«

Die Besorgnis in ihrer Stimme sorgt auch bei mir für ein mulmiges Gefühl. Zum ersten Mal, seit wir diesen Plan ausbrüten, kommt mir der Gedanke, dass er auch gewaltig schiefgehen könnte. Und was das für Nesrin bedeuten würde. Ich sehe ihr Gesicht auf Milenas Monitor vor mir. Wie sie mit dieser Mischung aus Resignation und Zuversicht in die Kamera blickt und ich einen Augenblick lang denke, sie weiß, dass ich da bin.

Nichts wird schiefgehen.

Milena zieht die Schultern hoch und vollführt mit den Händen eine hilflose Geste. »Das ist nur ein Vorschlag von mir. Es könnte auch alles anders laufen.«

»Nein«, sagt Erol. »Wenn überhaupt, dann läuft es so! Mit einer winzigen Änderung. Bis zum Weidezaun werde ich dabei sein.«

DREIUNDDREISSIG

Um Viertel nach eins brechen wir auf. Es ist ziemlich dunkel. Der Mond steht nur als schmale Sichel am Himmel und auch von den Sternen ist so gut wie nichts zu sehen. Die kühle feuchte Luft riecht frisch und moderig zugleich. Erol geht mit der Stablampe voran. Deren Strahl reicht aus, um den Weg so weit zu beleuchten, dass wir nicht ins Stolpern geraten. Der Wald um uns herum ist wie eine schwarze Wand, in der hier und da helle Augenlichter glimmen. Hab' ich nicht irgendwo gehört, dass in den Vogesen Wölfe wieder zum Abschuss freigegeben wurden, weil sie sich so zahlreich vermehrt haben? Ich hänge meinen Gedanken nach und bleibe ein paar Meter zurück. Erol dreht sich zu mir um: »Machst du noch mit?«

Ich beeile mich, aufzuholen und sein Tempo zu halten. »Warum wolltest du unbedingt mit zu diesem Zaun kommen?«

Erol dreht sich nicht um, aber immerhin bekomme ich eine Antwort. »Ich habe mir gedacht, du brauchst vielleicht Hilfe mit Nesrin, falls sie in schlechter Verfassung ist. Auf dem Video heute Nachmittag sah sie ganz gut aus. Zumindest konnte sie laufen. Aber kann sie auch abhauen? Den Weidehang hoch? Bei der Steigung? Wie verwirrt ist sie noch? Was ist, wenn sie dich nicht erkennt? Oder ihr verfolgt werdet?«

»Eine Menge Scheißfragen!« Ich bin sauer, weil sie mir selbst nicht eingefallen sind, und der Gedanke, dass Nesrin mich nicht erkennen könnte, hat mich schon genug gequält.

»Ja, jetzt kühl dich mal runter. Du holst sie aus der Klinik und ich werde dir im Notfall helfen, sie den Steilhang hochzubekommen. Ich kann Verfolger aufhalten, und wenn es sein muss, trage ich Nesrin durch den Wald.«

»Okay«, antworte ich mürrisch und höre Erol leise lachen.

Eine Weile sagt keiner von uns ein Wort, dann bricht er das Schweigen: »Was Milena wohl macht?«

»Irgendwas mit Computern«, sage ich. Erol fängt wieder an zu kichern und kriegt sich kaum noch ein.

»Das habe ich gehört«, faucht Milenas Stimme in meinen Ohren. »Wenn ihr meine Hilfe wollt, benehmt euch!«

»Alles klar!« Immerhin weiß ich jetzt, dass das Headset einwandfrei funktioniert.

Fünfzehn Minuten später erreichen wir die Wiese und bewegen uns auf den Weidezaun zu. »Wir sind da«, flüstere ich in das Mikrofon.

»Gut! Wird der Abhang angestrahlt?«

»Nein.«

»Sind in der Klinik Fenster erleuchtet?«

»Auf der Seite, die ich sehen kann, nur eines schwach.«

»Okay. Auf den Monitoren im Kontrollraum ist auch alles ruhig. Nur zwei Mann im Dienst. Geh jetzt einhundertfünfzig Schritte nach rechts.«

Ich tue, was sie sagt, und Erol folgt mir.

»Wenn du den Hang hinunterläufst, müsstest du in der Nähe des Kellereingangs ankommen. Ich schalte jetzt die Kameras um. Erol soll sich hinsetzen. Drei, zwei, eins – und los! Viel Glück!«

Ich mache Erol ein Zeichen und wir gehen beide in die Hocke. »Sie sagt, du sollst unten bleiben.«

Er nickt und drückt mir die Stablampe in die Hand. »Sei vorsichtig!«

Ich gehe noch tiefer runter und krieche unter dem Weidezaun durch. Dann renne ich geduckt los. Der Boden ist fest und trocken, ich bin froh, dass es länger nicht geregnet hat. Als ich unten ankomme, werfe ich einen Blick auf meine Armbanduhr. Zwei Minuten und ich bin kaum außer Atem. Der Rückweg bergauf wird nicht so leicht sein.

»Ich bin da«, flüstere ich.

»Gute Zeit. Siehst du die Tür?«

»Zwanzig Meter vor mir.« Das Tor ist viel größer als ein normaler Kellereingang. Braunes, massives Holz. Anstelle einer Klinke gibt es einen altmodischen Türklopfer in Form eines schweren Eisenringes. Alles im Licht des Bewegungsmelders ist gut zu sehen. Irgendein Tier wird ihn ausgelöst haben, die Nummer mit dem Tannenzapfen kann ich mir sparen.

»Die Kameras sind umgeschaltet. Du kannst näher rangehen.« Milenas Stimme klingt völlig ruhig. Mit raschen Schritten bewege ich mich auf die Tür zu.

»Sesam, öffne dich«, sagt Milena.

Ich höre ein leises Summen und sehe ein Emaille-Schild neben dem Klopfer, auf dem *Tirer* steht. Also ziehe ich an dem Eisenring und die Tür schwingt geräuschlos auf. Ich schlüpfe hinein und ziehe sie ebenso geräuschlos hinter mir zu.

»Bin drin!«

»Richte die Lampe möglichst auf den Boden. Wie sieht es da aus?«

Meine Augen brauchen einen Augenblick, um sich an die Sichtverhältnisse zu gewöhnen. »Wie auf den Videobildern. Ein langer, gerader Gang, weiß gestrichen und sauber.«

»Geh weiter, bis du etwa zwei Meter vor der Treppe bist.«

Ich tue, was sie sagt, und gebe es ihr durch.

»Gut, die Treppe ist jetzt safe. Geh bis ganz nach oben, aber rühr die Tür nicht an.«

Die Treppe ist alt wie der Rest des Hauses, macht aber einen sehr soliden Eindruck. Massive steinerne Stufen und ein schmiedeeiserner Handlauf. Kein Knarren oder Knirschen, ich schaffe es tatsächlich, ohne irgendein Geräusch nach oben zu kommen.

Dann schrillt Milenas Stimme durch meinen Kopf. »Halt, stopp! Drück dich an die Wand und rühr dich nicht! Scheiße! Scheiße! Scheiße!«

Mein Puls beschleunigt wie ein Ferrari. Ich presse meinen Rücken an die Kellerwand und versuche, mich klein zu machen. Zwecklos! Wenn die Tür aufschwingt, werde ich dahinter nicht vollständig verschwinden. Vielleicht wenn jemand sie nicht ganz öffnet, nur einen Blick in den Kellergang werfen möchte … Zum ersten Mal, seit ich den Abhang hinuntergelaufen bin, habe ich Angst. Eine von unten aufsteigende, lähmende Angst, die mir den Atem nimmt.

»Warte noch«, flüstert Milena.

Sekunden verrinnen, ich zähle mit. Bei dreißig höre ich ihre Stimme und beginne wieder zu atmen.

»Entwarnung! Wie du weißt, habe ich die Eingangshalle im Auge. Von dieser Halle gehen vier Türen ab. Eine muss die zum Keller sein, aber ich weiß nicht, welche. Es kam ein Mann die Treppe runter, der sich offenbar nicht gut auskennt. Er hat alle Türen der Reihe nach gemustert und ist dann schließlich durch eine verschwunden. Verstehst du, ich wusste nicht, hinter welcher Tür du steckst, und auch nicht, welche er aussuchen würde. Ich hab' gedacht, ihr rauscht direkt aufeinander. Sorry!« Milenas bis vor fünf Minuten noch so selbstsichere Stimme hat deutlich an Festigkeit eingebüßt.

»Können wir weitermachen?«, flüstere ich.

»Können wir! Ich öffne jetzt die Tür und schalte die Kameras für die Eingangshalle und die Treppe gleichzeitig um. Geht nicht anders, weil eine Kamera in der Halle die unteren Treppenstufen mit abdeckt. Auf mein Zeichen hin rennst du durch den Empfang gleich die Treppe hoch bis drei Stufen vor dem oberen Absatz. Okay? Und los!«

Ich schiebe die Tür vorsichtig einen Spalt auf und schaue in einen mittelgroßen, schwach erleuchteten Raum, der aussieht wie die Empfangshalle eines kleineren Hotels. Links die Rezeption, an ihr vorbei geht es zu der breiten Holztreppe, die nach oben führt. Geradeaus befinden sich die Fahrstühle und rechts ist eine große Sitzecke mit Sesseln und Sofas. Teppichboden, geschmackvolle Bilder an den Wänden, alles sehr gediegen und menschenleer. Ich lasse die Tür hinter mir ins Schloss gleiten, husche an der Rezeption vorbei zur Treppe, nehme die ersten Stufen im Galopp und sprinte weiter bis in den zweiten Stock. Hier bleibe ich einen Augenblick stehen und versuche, meinen Atem zu beruhigen. Eine große Tafel an der Tür informiert darüber, dass sich auf dieser Etage Räume für Physiotherapie, Gruppengespräche sowie Yoga & Meditation befinden.

»Wo steckst du?« Milenas Stimme klingt, als hätte sie sich in meinem Kopf eingenistet.

»Kleine Verschnaufpause im zweiten! Geh jetzt weiter.«

Vorsichtig schleiche ich die restlichen Stufen hoch und bleibe, wie verabredet, vor dem obersten Stockwerk stehen. »Bin da!«

»Gut, ich schalte die Kamera für den Treppenabsatz um und öffne gleichzeitig die Tür. Du machst ein paar große Schritte, bleibst in der geöffneten Tür kurz stehen und zählst bis fünf. Dann kannst du gefahrlos weitergehen bis zu Nesrins Zimmer.«

Ich mache einen Schritt nach vorn – und in diesem Augenblick schlagen die Hunde an.

VIERUNDDREISSIG

Giftiges, vielstimmiges Gekläffe. Das muss ein ganzes Rudel sein. Trotz des Headsets auf meinen Ohren kann ich es deutlich hören. Ich erstarre in der Bewegung. Schweiß rinnt mir von der Stirn in die Augen. Ich muss zwinkern und versuche, die Tropfen durch heftiges Kopfschütteln loszuwerden. Vor mir öffnet sich die Eingangstür zum dritten Stock mit einem leisen Summen. Milena kann mich nicht sehen, aber irgendwie scheint sie meinen Schock zu spüren.

»Was ist los?«

Ich drücke den flexiblen Mikrofonbügel des Headsets von meinem Mund weg in Richtung Treppenhaus. »Hörst du das?«

Milena stößt ein paar Flüche aus, die ich nicht verstehe. Überhaupt habe ich nicht gewusst, wie Armenisch klingt. »Sind die im Haus?«

»Nein, irgendwo außerhalb des Gebäudes. Aber nicht weit weg.«

»Mist«, sagt Milena. »Hier im Kontrollraum tut sich was. Die reagieren auf das Gebell, aber nicht besonders aufgeregt. Jetzt geht einer raus, um nachzuschauen. Die Hundezwinger müssen auf der Seite sein, die man von der Wiese aus nicht sehen kann. Die Biester sind bestimmt eingesperrt, sonst wäre dir einer begegnet. Komisch, dass da keine Kameras sind. Egal! Im Moment ist nur ein Mann an den Monitoren. Nutz die Chance! Was die Hunde betrifft, kannst du jetzt eh nichts machen. Also, geh durch die Tür!«

Sie hat recht. Ich weiß, dass sie recht hat, aber es nützt nichts. Als ich versuche, einen Fuß vor den anderen zu setzen, gehorchen meine Beine nicht.

»Ben?« Milenas Stimme klingt besorgt. »Wo bist du jetzt?«

»Noch vor der Tür.«

»Reiß dich zusammen und geh durch!«

Genau, sagt Arnis Stimme in meinem Kopf. *Reiß d-d-dich zusammen!*

Zwei gegen einen ist nicht fair, denke ich und konzentriere mich auf den Gedanken, dass Nesrin am Ende des Korridors auf mich wartet. *Sie wird schlafen, du I-I-diot!,* sagt Arni. Das reicht jetzt! Ich hebe einen Fuß an und es funktioniert. Also betrete ich den dritten Stock.

Meine Schritte auf dem dicken Teppichboden verursachen nicht das geringste Geräusch. Der Flur ist matt beleuchtet, ich brauche die Stablampe nicht. Nesrins Zimmer liegt am Ende des Ganges. Meine Augen gleiten an den Zimmernummern entlang und dann wird plötzlich eine Tür aufgestoßen. So schnell und heftig, dass ich gerade noch stoppen kann, bevor sie mein Gesicht trifft. Ein Bild aus Amsterdam schießt mir durch den Kopf. Wie Leonardo in Erols Faust hineinläuft.

Ich gebe einen ächzenden kleinen Schreckenslaut von mir. Jemand tritt auf den Gang hinaus. Es ist eine Frau und ich habe sie schon einmal gesehen.

FÜNFUNDDREISSIG

Sie ist groß, blond und sieht nicht gesund aus. Vielleicht hat das mit ihren Augen zu tun, die fiebrig glänzen und nervös hin und her huschen. Vielleicht auch mit den tiefen, bitteren Falten um ihren Mund. Ihre blonden Haare haben schwarze Wurzeln und ihre Augenbrauen sind zu dünnen Halbmonden gezupft. Die Lippen hat sie leuchtend rot geschminkt, was in dem blassen Gesicht ein bisschen gespenstisch aussieht. Sie trägt einen schwarzen Seidenkimono und keine Schuhe. Auch aus der Nähe kann ich ihr Alter nicht einschätzen. Es ist die Frau, die aus dem Maybach gestiegen ist.

Misstrauisch zieht sie ihre dünnen Augenbrauen hoch. »Na, wen haben wir denn da?« Akzentfreies Deutsch. Ihre Stimme klingt verraucht und unfreundlich.

Das war's! Adrenalin flutet mein Hirn und der Puls hämmert in meinen Schläfen. Gleich wird sie das Haus zusammenschreien. Ich werde ohne Nesrin abhauen müssen. Falls ich es schaffe, mich zu bewegen. Oder ich werde erwischt und in die Nachbarzelle gesperrt. Ich hole tief Luft. Der Atem brennt in meiner Brust. In meinem Hals ist ein dicker Pfropfen und in meinen Ohren eine leise, mühsam kontrollierte Stimme. »Ben? Ben, was ist da los? Bist du vor Nesrins Zimmer?«

Ich schlucke und schlucke und schlucke und dann öffnet sich mein Mund wie von allein. *»Bon soir, Madame,* ich bin Carlo. Ich arbeite in der Küche.«

»Ach, du Scheiße«, wispert Milena.

»Du bist Koch?« Madame scheint sich ein wenig zu entspannen. Vielleicht wird sie *nicht* schreien. »Ich habe dich noch nie irgendwo gesehen.«

»Nein, nein, *mon dieu,* kein Koch. Nur Küchenhelfer. Kartoffeln schälen, Gemüse putzen, so etwas … Niemand sieht mich.«

Sie schaut mich mit ihren unsteten blauen Augen an und lächelt spöttisch.

»Also, Carlo Küchenhelfer! Was hast du um diese Zeit hier oben zu suchen?« Das Misstrauen ist nicht verschwunden, aber offenbar hat sie entschieden, dass von mir keine Gefahr ausgeht.

Ich lasse mir Zeit mit der Antwort, druckse herum und versuche, so verlegen wie möglich auszusehen. »Ich wollte eine Freundin besuchen. Das Mädchen im Zimmer am Ende des Ganges. Es ist mir peinlich …« Ich trete von einem Bein auf das andere. »Ich habe mich verliebt. Wir sind zusammen.«

Jetzt ist sie wirklich überrascht. Und aufgeregt. Als ob ihr plötzlich eine Idee kommt. »Die mit den blauen Haaren?«

Ich nicke.

»Ben? Ben!« Milenas Flüstern in den Kopfhörern ist so leise, dass ich sie kaum verstehe. »Du musst da weg! Runter vom Flur! Die Zeit läuft ab!«

Die blonde Frau in der Tür wirkt jetzt wieder angespannter. Mit dem ausgestreckten Zeigefinger deutet sie auf das Headset. »Telefonierst du da mit jemandem?«

Ich zeige meinerseits mit dem Finger auf das Ende des Ganges. »Als Sie rausgestürmt sind, habe ich mit ihr gesprochen.«

»Ich wollte mir die Beine vertreten. Schlafen kann ich hier nicht.« Der Ton ihrer Bourbonstimme gewinnt an Schärfe, ohne lauter zu werden. »Und *du* wolltest mitten in der Nacht mit einer Patientin dieser Klinik, sagen wir ein wenig … *kuscheln?«*

»Letzte Minute«, haucht Milena in mein Ohr. »In achtundfünfzig Sekunden sendet die Kamera reale Bilder. Ich mach' so schnell, wie ich kann, aber einen kurzen Moment wirst du mit der Lady im Monitorraum zu sehen sein, wenn du nicht verschwindest. Hau! Da! Ab!«

Die Lady starrt mich an und scheint angestrengt nachzudenken. Ihr Gesicht ist jetzt mit Schweiß glasiert. Sachte fährt sie sich mit der Zunge über die Oberlippe.

»Wir haben was zu bereden«, sagt sie. »Muss aber nicht hier auf dem Flur sein.«

Mit einer Kopfbewegung deutet sie auf das Zimmer hinter sich, dreht sich um und geht hinein. Ich folge ihr und werfe einen Blick auf meine Armbanduhr. Von jetzt ab sechs Minuten. In meinen Ohren murmelt Milena etwas, das sich wie ein armenisches Gebet anhört.

»Schließ die Tür!«

Ich nicke und tue, was man mir sagt.

SECHSUNDDREISSIG

Madame dreht sich zu mir um. Ihre rechte Hand hat angefangen, leicht zu zittern. Sie versucht, es zu verstecken, indem sie die Arme vor der Brust verschränkt. »Gefällt dir der Job in der Küche?«

»Es ist ein Job. Und ich bin darauf angewiesen.«

»Wenn ich jemandem erzähle, dass du nachts hier herumgeisterst und Patientinnen besuchst, wirst du gefeuert, oder?«

Ich versuche, ein verzweifeltes Gesicht zu machen, und schüttele ungläubig den Kopf. »Warum wollen Sie das tun? Ich habe nichts verbrochen! Niemanden belästigt, gar nichts …«

»Ist die Küche nachts abgeschlossen?«, unterbricht sie mich.

»Nein.«

»Und der Weinkeller?«

Großer Gott, endlich kapiere ich, worum es hier geht.

»Es gibt keinen Weinkeller. Alkohol ist im ganzen Haus verboten!«

»Oh verdammt …«, sagt sie. Die Enttäuschung ist so niederschmetternd, dass ihr die Tränen kommen.

»Aber …«, improvisiere ich weiter, »der Chefkoch hat was. Ein privater Vorrat, von dem niemand was weiß. Denkt er jedenfalls. Mögen Sie Gin?«

»Na sicher, Schatz!« Der Stimmungsumschwung ist rasant. Sie strahlt mich aus tränennassen Augen an wie ein Mensch, der erfährt, dass die Laborwerte vertauscht wurden und er wider Erwarten nicht sterben muss. Und sofort ist die alte Arroganz wieder da.

»Gut«, sagt sie aufgeräumt. »Wir haben einen Deal! Du besorgst den Gin und ich erzähle niemandem von dir und der Kleinen in Nummer 18.«

Ich gebe mir keine Mühe, meine Erleichterung zu verbergen. »Danke! Vielen Dank! Es dauert dreißig Minuten, vielleicht weniger. Ich muss kurz meine Freundin beruhigen, danach runterlaufen, um den Ersatzschlüssel für den Medizinschrank des Kochs zu holen, dann den Gin und schon bin ich wieder da.«

»Wenn du in genau einer halben Stunde nicht zurück bist, gibt es hier einen Riesenaufstand!«

»Keine Sorge!« Ich schaue demonstrativ auf die Uhr. In zwei Minuten schließt sich das Zeitfenster erneut.

Als ich fast bei der Tür bin, nagelt mich ihre Stimme noch einmal fest. »Wie kommt es, dass deine Freundin ein Telefon hat?«

Inständig habe ich auf dem Flur gehofft, dass ihr diese Lüge entgeht. Langsam drehe ich mich um, während meine Gedanken rasen. »Ich habe ihr das Mittagessen aufs Zimmer gebracht. Das Handy war in der Serviette versteckt.«

Während sie nachdenklich auf ihrer Unterlippe kaut, ziehe ich die Tür hinter mir zu.

In den Kopfhörern japst Milena nach Luft. »Für die Nummer kriegst du 'nen Oskar! Und jetzt lauf!«

Ich sprinte los und stehe nach vier großen Schritten vor der Zimmertür am Ende des Ganges. Vorsichtig ziehe ich die Tür zu mir. Milena muss sie Sekunden zuvor geöffnet haben. Das Innere des Raumes liegt im Dunklen. Ich schlüpfe hinein, meine Augen suchen die Umrisse des Bettes, in dem sie liegen muss. Mir ist schlecht vor Aufregung.

Dann trifft mich etwas Großes und sehr Hartes von hinten. Nacken und Schultern bekommen das meiste ab, mein Kopf hat Glück, dennoch stürze ich auf den Boden und verliere die Lampe. Reflexmäßig schnappe ich danach und richte sie nach oben. Ein Stuhl rast zum zweiten Mal auf mich zu und wird erst im letzten Moment abgebremst. Nesrins Hände umklammern die Lehne. Ihr Gesicht zeigt einen Ausdruck grenzenloser Überraschung und Entsetzen. Behutsam setzt sie den Stuhl ab und beugt sich zu mir herunter.

»Iyi akşamlar«, sage ich.

SIEBENUNDDREISSIG

Sie trägt immer noch das schlabberige T-Shirt und die Jogginghose vom Nachmittag. Die blaue Haarfarbe ist blasser geworden. Ihre Augen haben sich mit Tränen gefüllt. Sie drückt den Mikrofonbügel des Headsets beiseite und küsst mich. Trotz der Schmerzen in meinem Genick ist das der Empfang, auf den ich gehofft habe. Ich ziehe sie an mich und erwidere den Kuss, spüre ihre Tränen und bin so unendlich erleichtert, dass ich schreien möchte. Nesrin beugt sich weiter zu mir runter und streichelt behutsam meinen Nacken. »Tut es sehr weh?«

»Nein.«

Vorsichtig nimmt sie mein Gesicht in beide Hände und bedeckt es mit Küssen. »Ich hab' gewusst, dass du kommst! Ich hab's gewusst!« Mit einer hastigen Bewegung wischt sie die Tränen aus den Augen, tippt auf ihr Herz und funkelt mich triumphierend an. »Hier drin!«

Mein Finger zeigt auf das Headset. »Ich hatte Hilfe. Allein wär's nicht gegangen.«

Nesrin schüttelt energisch den Kopf. »*Du* bist hier! Das zählt!«

»Bist du okay?«

»Jetzt, ja!« Ihre Stimme hat einen entschlossenen, zuversichtlichen Klang, der mir guttut.

Dafür ist die Stimme in meinen Ohren so laut und panisch, dass ich zusammenzucke. »BEN?! Was ist los bei dir? Hast du sie gefunden?« Milenas Timing ist wie immer brillant.

Nesrin löst sich von mir. Verwirrt und beunruhigt, deutet sie mit dem Finger auf die Kopfhörer. »Wer ist das?«

»Erzähl' ich dir später!«

Ich richte mich auf, komme mühsam auf die Beine und schiebe den Mikrofonbügel wieder in Position. »Alles okay! Bin nur gestolpert. Wir kommen in zwei Minuten auf den Flur!«

Mein Blick gleitet an Nesrin hinunter und bleibt an ihren Füßen hängen. Sie trägt Flip-Flops. »Du brauchst feste Schuhe!«

Nesrin nickt, setzt sich auf die Bettkante und schlüpft in ein paar Sneakers. Ihre Bewegungen sind nicht verlangsamt, aber sie wirken auf mich seltsam unkoordiniert. Vielleicht hat sie deshalb meinen Kopf verfehlt?

»Hast du Probleme mit dem Laufen?«, frage ich besorgt.

»Ein bisschen noch. Vor zwei Tagen hab' ich rausgefunden, wie man die Pfleger austricksen kann. Seitdem nehme ich die Tabletten nicht mehr. Erst wollte ich sie einfach im Klo runterspülen, aber dann hab' ich gedacht, ich könnte sie vielleicht noch für irgendetwas brauchen. Seitdem versteck' ich sie hinter der Fußleiste im Badezimmer. Es geht mir jetzt viel besser, aber ich glaube, dass sie irgendwie was gemerkt haben.«

»Deshalb die Nummer mit dem Stuhl hinter der Tür?«

Nesrin lächelt verlegen. »Ich hatte besondere Angst vor einem der Pfleger. Seit ein paar Tagen starrt er mich an. Auf eine dreckige Weise. Gestern hat er mein Zimmer durchsucht. Keine Ahnung, ob er einen konkreten Verdacht hatte oder mich einfach nur schikanieren wollte. Als er sich gebückt hat, um unter den Kleiderschrank zu sehen, ist ihm jedenfalls sein Telefon aus der Kitteltasche gerutscht. Er hat es nicht gleich gemerkt und ist erst mal rausgerauscht. Es war ein uraltes Tastenhandy, tatsächlich ohne Pin. Manchmal hab' selbst ich Glück. Ich habe es geschafft, dir die SMS zu schicken und das Handy wieder auf den Boden zu legen, bevor er zurückkam. Leider war er schon nach 'ner Minute wieder da.«

Ich nehme sie in den Arm und küsse sie noch einmal. Nesrins Atem geht schnell und heftig. »Das war eine grandiose Überraschung«, flüstere ich. »Du bist so verdammt klug, dass einem schwindelig wird.«

Nesrin umfasst meine Schultern, schiebt mich ein Stück von sich und sieht mich aus ernsten Augen an. »Der Typ war sehr misstrauisch. Er hat sich das Handy genau angesehen, aber nichts Verdächtiges gefunden. Die SMS hatte ich direkt nach dem Versenden gelöscht. Aber so, wie er mich angeguckt hat, wusste ich, dass da noch was kommt. Dass der Drecksack nicht lockerlässt. Als ich dann vorhin auf dem Flur eine männliche Stimme gehört hab', die mit der blonden Frau von 213 tuschelte, dachte ich, das könnte er sein. Na ja, und als die Tür aufsprang, war ich mir sicher. Wer sollte sonst noch eine Schlüsselkarte haben?«

»Jedenfalls ein guter Schlag! Lass uns hier verschwinden! Halte dich hinter mir und bewege dich so wie ich. Wenn ich stehen bleibe, tust du das auch.«

Ich küsse sie ein letztes Mal und öffne dann die Tür zum Flur einen Spaltbreit. »Wir kommen jetzt raus«, flüstere ich ins Mikro.

»Okay!«

Nesrin und ich huschen über den Korridor bis zur Treppe, verharren dort einen Augenblick, stimmen uns mit Milena ab und flitzen dann die Stufen hinunter. Dieselbe Methode wie auf dem Hinweg. Station für Station, Kamera für Kamera. Alles läuft wie am Schnürchen. Milena ist ein Genie. Als wir die Kellertreppe hinuntergehen, meldet sie sich. »Kannst du mal schauen, ob in diesem Keller irgendwelche Lebensmittelvorräte gebunkert sind?«

»Hast du schon wieder Hunger?«

»Ich nicht, aber vielleicht die Hunde da draußen.«

Wieder so ein Punkt, den ich glatt übersehen habe. Langsam fängt mein Gehirn an, mir Sorgen zu machen. Nesrin zerrt an meiner Jacke. »Was sagt sie?« Ich schüttele den Kopf. »Sie denkt an alles!«

Im Vorbeigehen drücke ich sämtliche Türklinken,

die links und rechts vom Kellergang abzweigen. Alle sind verschlossen, bis auf eine. Ich stoße die Tür auf und halte die Stablampe in den Raum. Mein Blick fällt auf eine große, moderne Heizungsanlage, die im Stand-by-Betrieb vor sich hin schnurrt. Scheiße!

»Negativ! Kein Hundefutter!«, flüstere ich in das Mikrofon.

Nesrin versteht jetzt, worum es geht, fährt mit beiden Händen in die Taschen ihrer Jogginghose und fördert zwei Schokoriegel zutage. Ich schaffe es nicht ganz, ein Kichern zu unterdrücken.

»WAS?«, blafft es aus dem Kopfhörer.

»Wir haben immerhin Schokolade.«

Milena hat keine Lust, darauf einzugehen. »Seid ihr an der Kellertür, die nach draußen führt?«

»Ja!«

»Gut! Öffnet sie und lauft schnell vier Meter geradeaus. Dann habt ihr den Bereich der Außenkameras hinter euch. Ihr müsst nur noch den Abhang hoch, Mister Tausend-Volt einsammeln und zurück zur Hütte. Der reinste Spaziergang.«

»Ist Erol noch da, wo wir uns getrennt haben?«

»Ist er!«

»Ich bekomme einen harten Stoß gegen die Schulter und blicke in Nesrins fassungsloses Gesicht. »Was für ein Erol? Von wem sprichst du?«

»Ich kenne seinen Nachnamen nicht. Aber er sagt, ihr wart mal verlobt.«

»Weißes T-Shirt, Bomberjacke?«

»Woher …?«

»Das trägt er immer«, unterbricht sie mich. »Schließlich durfte ich mir genug Fotos von ihm angucken!«

»Ja schon, aber es ist alles ganz anders, als du denkst, er …«

»Den hast du hierhergebracht? Ich fass' es nicht! Weißt du, was du getan hast?« Nesrin ist so aufgebracht, dass ich einen Augenblick befürchte, sie könnte auf dem Absatz kehrtmachen und zurück auf ihr Zimmer rennen.

Oder auf mich losgehen.

»Jetzt beruhige dich! Es ist alles in Ordnung! Vertrau mir einfach!«

»Vertrauen? Hast du überhaupt einen Schimmer, worum es hier geht?« Nesrin ist jetzt so wütend, dass mir ihre laute Stimme Sorgen macht. Wenn sie so weiterspricht, werden wir in wenigen Minuten Gesellschaft bekommen.

»Ja verdammt, ich weiß, worum es geht. Es wird alles gut! Die Sache ist gelaufen! Er hat mir gesagt, er will die Verlobung lösen und dich um Verzeihung bitten!«

Nesrin starrt mich mit eisiger Verachtung an. »Und das hast du geglaubt?«

»Ja natürlich …« Der Gedanke, dass Erol gelogen haben könnte, ist mir nicht einen Augenblick lang gekommen.

Nesrin schüttelt ungläubig den Kopf.

»Wir haben keine Zeit für euer Gelaber«, zischt Milena in mein Ohr. »Lass mich mit ihr reden!«

Ich nehme das Headset ab und strecke es Nesrin entgegen. Sie zögert einen Augenblick, dann setzt sie es auf. Eine halbe Minute hört sie konzentriert zu und beginnt schließlich zu lächeln. Ihre Gesichtszüge entspannen sich. »Okay!«, sagt sie ins Mikro und gibt die Kopfhörer zurück.

Ich hole tief Luft und wische mir den Schweiß aus den Augen. »Können wir weiter?«

Nesrin nickt.

Ich öffne die Tür und gemeinsam sprinten wir los. Dann schlagen die Hunde an. Nesrin läuft beinahe in mich hinein, als ich abrupt stehen bleibe. Reglos lauschen wir dem wütenden Bellen.

»Es kommt nicht näher. Ich glaube, die sind im Zwinger.«

Nesrin nickt. »Weiter!«

Wir rennen auf den Weidehang zu und schon nach hundert Metern spüren wir die Steigung. Ohne stehen zu bleiben, strecke ich meine Hand nach hinten aus und Nesrin ergreift sie. Mit meiner Hilfe schafft sie die nächsten hundert Meter, aber dann ist Schluss. Ihr Gewicht an meinem Arm scheint sich zu verdoppeln, ich höre ein scharfes Keuchen und meinen Namen. »Ben! Ich kann nicht mehr!«

Wie ich befürchtet habe. Das Einsperren und wochenlange Vollpumpen mit irgendwelchen Medikamenten haben sie fertiggemacht. Wir kauern dicht am Boden und warten, bis ihr Atem sich beruhigt. Ich halte ihre Hand und spüre, dass sie am ganzen Körper zittert. Auch nervlich balanciert Nesrin am Limit. Mein Stolz sträubt sich dagegen, aber es hat keinen Zweck, es hinauszuzögern. Ich drücke das Mikro näher an meinen Mund. »Milena, wir brauchen Hilfe.«

»Ich schicke euch Erol.«

Vorsichtig nehme ich Nesrin in den Arm und bringe meinen Mund in die Nähe ihres Ohres. »Erol kommt jetzt runter, um uns zu helfen. Ist das okay für dich?«

Sie lächelt verlegen. »Kein Problem!«

»Echt nicht? So plötzlich? Was hat Milena zu dir gesagt?«

Nesrin verstärkt ihr Lächeln und zieht meinen Kopf zu sich heran. »Sie hat gesagt: Mach dir keine Sorgen wegen Erol. DEN KRIEGST DU NICHT!«

»Mehr hat sie nicht gesagt?«

»Das war die Botschaft.«

Gut, denke ich, *eine Sorge weniger.* Ich drehe meinen Kopf und schaue hinunter ins Tal. Die halbe Stunde ist gleich vorbei. Ob Madame wirklich einen Riesenzirkus veranstaltet, wenn der Gin nicht kommt? Irgendwie glaube ich nicht daran. Sie tut mir ein bisschen leid, aber ein schlechtes Gewissen hätte ich wohl eher haben müssen, wenn ich ihr den Schnaps besorgt hätte.

»Warum grinst du?«, will Nesrin wissen.

»Erzähl' ich dir später. Erol kommt.«

Tatsächlich nähert sich in geducktem Lauf eine kräftige Gestalt, die Sekunden später vor uns abstoppt. Das weiße T-Shirt ist in der Dunkelheit leider sehr gut erkennbar. Erol lächelt, deutet vor Nesrin eine ironische Verbeugung an und sagt: *»Merhaba, sevgilim!«*

»Ich bin nicht dein Liebling!« Nesrin kann das Gift nicht ganz aus ihrer Stimme heraushalten, aber Erol ist in diesen Dingen gewohnt schmerzfrei.

»Schatz, das macht doch nichts«, sagt er, geht in die Hocke und deutet mit dem Zeigefinger auf seinen Rücken. »Bitte sehr!«

Eigentlich rechne ich mit weiterem Widerspruch, aber Nesrin klettert wortlos auf Erols Rücken und schlingt die Arme um seinen Hals. Ich werfe noch einen letzten Blick zurück Richtung Klinik. Dort sind jetzt überall die Lichter angegangen.

»Gib Gas!«, sagt Nesrin und Erol trabt los. Ich habe wie immer Mühe hinterherzukommen.

Als wir wenig später unter dem Zaun hindurchkriechen, zerteilt ein Suchscheinwerfer die Dunkelheit und lässt einen großen Lichtkegel über den Steilhang gleiten. Wir überqueren die Wiese, schleichen an dem schlafenden Hochlandrind vorbei und verschwinden im Wald.

ACHTUNDDREISSIG

Es ist gleich halb vier. In einer Stunde geht die Sonne auf. Nesrin nippt an ihrem Tee und schaut mich kurz an. Dann irrt ihr Blick wieder durch den Raum, streift Erol und Milena, kehrt zu mir zurück und wandert wieder herum. So geht das, seit wir das Ferienhaus betreten haben.

Zumindest körperlich hat sie sich ein wenig erholt. Erol hat sie den ganzen Weg bis zum Haus getragen. Was mir Sorgen macht, ist ihre psychische Verfassung. Ihr rechtes Augenlid zuckt unkontrolliert und sie ist unruhig wie ein frisch gefangener Kolibri. Ich setze mich neben sie und halte ihre Hand. »Wir können auch morgen über alles reden.«

»Lieber jetzt.«

»Okay«, sagen Erol und Milena beinahe gleichzeitig.

Nesrin räuspert sich und erwidert den Druck meiner Hand. Dann beginnt sie zu erzählen. Vom letzten Schultag vor den Ferien, der für mich gefühlt hundert Jahre zurückliegt.

»Nachdem Ben und ich uns im Bootshaus verabschiedet hatten, bin ich sofort abgehauen. Mein

Rucksack stand fertig gepackt in einem Schließfach am Bahnhof. Geld, Ticket, der Kontakt in Holland, alles war perfekt vorbereitet. Ich hatte zwei Stunden Zeit, bevor man mich zu Hause vermissen würde. Nach einer Stunde saß ich schon im Zug nach Amsterdam und fühlte mich großartig.«

Nesrin starrt zu Erol hinüber, der unbehaglich auf der Sesselkante hin und her rutscht. »Du hast auch großartig *ausgesehen* in deinem neuen Outfit«, sagt er. »Ich war an diesem Tag ebenfalls vor dem Bootshaus. Tut mir leid, dass du meinetwegen so viel Druck bekommen hast.«

Nesrin schüttelt den Kopf. »Die Heirat war nur der Tropfen, der das Fass zum Überlaufen gebracht hat. Zu Hause ist es schon seit längerer Zeit immer schlimmer geworden. Wenn meine Mutter nicht gewesen wäre, hätte mein Vater mich schon mit vierzehn von der Schule genommen. Immer hat er so getan, als wenn sein ganzes Lebensglück davon abhängt, dass ich ihm gehorche. Von morgens bis abends war das das Thema: wie sehr ich ihn kränke und bloßstelle, wenn ich nicht das tue, was er sagt. Eigentlich ging es überhaupt immer nur um ihn.«

Ich sehe aus den Augenwinkeln, dass Milena verständnisvoll nickt. Was Nesrin erzählt, scheint ihr bekannt vorzukommen. Mit einer Handbewegung lädt sie die ein weiterzusprechen.

»Schon vor zwei Jahren habe ich darüber nachgedacht abzuhauen. Ich hatte nur zu viel Angst. Mir war klar, dass ich in eine andere Stadt musste. Möglichst weit weg. Davor hab' ich mich am meisten gefürchtet. Vor sechs Monaten habe ich dann von Lily und ihren Freundinnen gehört. Ein kleiner Verein in Holland. Sehr gut vernetzt. Sie helfen mit Geld und besorgen dir eine Wohnung und eine Krankenversicherung. Und sie können beim Einwohnermeldeamt eine Auskunftssperre beantragen, was extrem wichtig ist. Ich hab' gedacht, mit einem deutschen Pass kann ich in Holland problemlos leben und mit Deutsch und Englisch auch irgendwie zurechtkommen. Tja – und dann bin ich auf diesen Bastard in der Centraal Station reingefallen.«

»Leonardo«, sagt Erol.

»Wer ist das jetzt wieder?«, will Milena wissen.

»Eine Art Schlepper, der wie der Schauspieler DiCaprio aussieht. Leonardo ist sein Spitzname.« Der Ärger über die eigene Dummheit ist noch in Nesrins Stimme zu hören. »Er hat mich im Bahnhofscafé angesprochen. Absolut nett, witzig und vertrauenswürdig. Und unfassbar gut aussehend.«

»Jetzt nicht mehr so«, wirft Erol ein.

Nesrin und Milena sehen ihn erstaunt an.

»Den Teil der Geschichte erzählen wir später«, sage ich. »Wie hat es Leonardo geschafft, dich rumzukriegen?«

»Mit Humor und Hartnäckigkeit. Er hat ein Talent, nicht lockerzulassen, ohne dabei aufdringlich zu wirken. Ich glaube, es war ihm sofort klar, dass ich untertauchen wollte. Seine Überredungsstrategie ging gleich in diese Richtung.

Du kannst ein Jahr von der Bildfläche verschwinden und danach mit einem Haufen Kohle wieder auftauchen, hat er gesagt. Er hat mir Bilder von dem Schloss im Internet gezeigt und die Website des Instituts. Alles seriös und vielversprechend. Ich habe auf einmal eine Chance gesehen, es auf eigene Faust zu schaffen.«

»Echt irre! Sie bieten dir immer genau das an, was du am dringendsten brauchst«, murmelt Milena.

Nesrin nickt.

»Ich verstehe schon, warum du zugestimmt hast«, sage ich, »aber warum hast du dich nicht bei Lily gemeldet?«

»Dieser Leonardo hat gemeint, wenn ich das tue, kann ich das Schloss gleich vergessen. Er hat von der Verschwiegenheitsklausel erzählt und von allen möglichen Konsequenzen, falls ich dagegen verstoßen sollte. Also bin ich am Ende mitgegangen, ohne Lily anzurufen. Ich hab' mich schlecht gefühlt dabei, aber so war es.«

»Der erste Eindruck von dem Schloss war super, oder?«, fragt Milena.

Nesrin nickt erneut. »Absolut fantastisch! Am Anfang jedenfalls. Es gab eine Eingewöhnungsphase von sieben Tagen und dann fingen die Testungen an, mit denen sie herausfinden wollten, wer über besondere Begabungen verfügte und welche das sind. Sie haben sofort gesehen, dass Mathematik mein Ding ist. Also habe ich jeden Tag sechs Stunden mathematische Tests durchlaufen, die immer anspruchsvoller wurden und in immer kürzerer Zeit absolviert werden mussten. Nach einer weiteren Woche war eine Grenze erreicht, wo ich nicht mehr schneller werden konnte. Ich wollte es unbedingt! Ich hab' mich wahnsinnig angestrengt. Kennt ihr das? Wenn man sich so konzentriert, dass man denkt, gleich müsste das Gehirn aus den Ohren spritzen? Es nützte nichts.

Also kamen sie mit den Tabletten. Sie erklärten mir, die würden meine Leistungsfähigkeit enorm steigern, weil ich mich mit ihnen unendlich viel besser konzentrieren könnte.«

»Du hattest keine Bedenken, sie zu nehmen?«, fragt Erol.

»Nein! Warum auch? Sie haben von Anfang an offen gesagt, dass es um Testreihen für Tabletten geht. Wenn ich da hätte rumzicken wollen, wäre ich besser gar nicht erst hingegangen. Sie sind mit einer niedrigen Dosierung eingestiegen, von der ich am ersten Tag gar nichts gespürt habe. Am zweiten Tag wurde ich mit einer gesteigerten Dosis bei den Tests tatsächlich schneller. Abends hatte ich dann allerdings keinen Appetit und bekam in der Nacht Magenbeschwerden. Ich musste mich übergeben, und als ich später etwas frische Luft schnappen wollte, habe ich zufällig ein Gespräch von Dr. Van Beek mit einem seiner Mitarbeiter angehört. Die beiden kamen zum Rauchen runter in den Burghof und dachten offensichtlich, sie wären allein, so laut, wie sie sich unterhalten haben. Netterweise auf Deutsch.

Ich habe mich nicht versteckt oder so etwas. Sie haben mich einfach nicht wahrgenommen. Es ging um den Wirkstoff in den Tabletten, den sie mit einer ganzen Anzahl von anderen Komponenten versetzt hatten.«

»Hast du denn kapiert, worüber sie sprachen?«

»Verrückterweise ja. Wegen Frau Hofstätter und FouFou.«

»Es ist ein bisschen spät für Rätsel«, sagt Milena und schaut demonstrativ auf die Uhr. Erol wirft ihr einen finsteren Blick zu.

Den ersten Teil von Nesrins Satz verstehe ich sofort. Frau Hofstätter unterrichtet Bio in der Oberstufe. Schwerpunkt Humanbiologie. Unnötig zu sagen, dass Nesrin auch in diesem Fach spitze ist.

»Wer zum Teufel ist FouFou?«, frage ich.

»Mein kleiner Cousin. Der sechsjährige Sohn der Schwester meiner Mutter. Der Kleine hat einen arabischen Namen, frag mich nicht, warum. FouFou ist eine Koseform von Firas.«

Milena rutscht vor Ungeduld auf ihrem Stuhl hin und her. »Okay, und was ist mit dem Stöpsel?«

»Er hat ADHS. Wisst ihr, was das ist?«

Erol schüttelt den Kopf.

»Das Zappelphilipp-Syndrom?«, fragt Milena.

»Yep! Die Buchstaben sind die Abkürzung für Aufmerksamkeitsdefizit-/Hyperaktivitätsstörung. Die Kinder können sich nicht konzentrieren, sind extrem unaufmerksam, hampeln dauernd rum und kommen in der Schule nicht klar. FouFou ist dazu noch achtzehn Stunden am Tag in Bewegung und rast wie ein Flummiball die Wände rauf und runter. Also hat der Arzt ihm Tabletten dagegen verschrieben. In der Familie wurde lange darüber diskutiert, ob der Kleine das Zeug nehmen soll. Diese Debatten habe ich natürlich mitgekriegt. Und dabei zum ersten Mal was von Methylphenidat gehört.«

»Haben die Pillen geholfen?«, will Erol wissen.

Nesrin nickt. »Er ist eingeschult und kommt zurecht.«

»Was ist denn dieses Methylphenidingsbums?«

»Das ist der Wirkstoff in FouFous Tabletten. Ich war die Einzige in der Familie, die es interessiert hat, was er da nimmt. Methylphenidat ist ein Amphetamin. Es hilft ihm, ein paar Stunden still zu sitzen, zuzuhören und sich zu konzentrieren.«

»Und wie?«, fragt Milena.

»Hier kommt der Bio-Unterricht ins Spiel.« Nesrin gelingt ein müdes Lächeln. »Die gute Frau Hofstätter ist stundenlang darauf herumgeritten. Wisst ihr, was Dopamin ist?«

Erol zuckt mit den Achseln. »Ein Dopingmittel?«

Nesrin grinst ihn an. Es scheint ihr etwas besser zu gehen. »Nein, das nicht. Obwohl der Gedanke so falsch auch wieder nicht ist. Dopamin ist ein extrem wichtiger Botenstoff im Gehirn, der für alles Mögliche verantwortlich ist. Unter anderem für Konzentration, Wahrnehmung und Lernfähigkeit. Der Körper bildet ihn ständig in den Nervenzellen und er wird auch regelmäßig wieder abgebaut. Dieser Wiederabbau wird durch Methylphenidat ausgebremst. Also steigt der Dopaminspiegel im Gehirn.«

»Und FouFou kann wieder still sitzen«, ergänzt Erol.

Nesrin nickt. »Für eine Weile schon. Ihm und Frau Hofstätter hatte ich es jedenfalls zu verdanken, dass ich in dieser Nacht ganz gut verstanden habe, wovon die Rede war.«

»Und worum ging es?«

»Um Gehirndoping. Ich hab' das vorher gar nicht gewusst, aber es ist offenbar so, dass heute schon gesunde Leute Methylphenidat und ähnliche Substanzen konsumieren, um ihre geistige Leistungsfähigkeit zu steigern. Neuro-Enhancement liegt voll im Trend. Angeblich ist das Zeug auch bei Studenten beliebt. Diese Leute in Holland und den anderen kleinen Zentren haben mit normaler Arzneimittelherstellung gar nichts zu tun. Sie testen eine neue Lifestyledroge, und zwar völlig skrupellos. Dr. Van Beek hat erwähnt, dass das Zeug in Ungarn zusammengebraut wird. In einem kleinen Labor auf dem Land, in der Nähe von Budapest. Wenn man Methylphenidat sehr hoch dosiert, kann es zu Krampfanfällen, Halluzinationen, Panikattacken und Wahnvorstellungen kommen. Das Ziel ist zu testen, wie weit man gehen kann, bevor jemand durchdreht, und wie sich das vielleicht verhindern lässt. Sie experimentieren auch mit allen möglichen Zusatzstoffen, die entweder die Wirksamkeit oder die Verträglichkeit verbessern sollen. Und sie versuchen herauszufinden, ob sich spezielle Begabungen und Talente nicht grenzenlos ausbauen lassen.«

»Wie bei Faizan«, stimmt Erol nachdenklich zu. »Könnte man ihn zum Schachweltmeister machen, wenn man seine Konzentrationsfähigkeit und Fokussierung praktisch ohne Limit erhöht?«

»Ihr habt Faizan kennengelernt?«

»Und wie!«

»Er hätte das Zeug zum Weltmeister«, sagt Nesrin bitter. »Wenn sie mit ihm fertig sind, wird er ein knackverrücktes Genie sein.«

»Er war so unfassbar happy, dass er die Droge verträgt«, erinnert sich Erol.

»Ich hab' sie jedenfalls nicht vertragen.«

»Hat dir das Gespräch, das du belauscht hast, keine Angst gemacht? Oder wenigstens zu denken gegeben?« Milena klingt nicht gerade verständnisvoll.

»Doch. Aber ich wollte nicht so leicht aufgeben. Und ich habe davon geträumt, das viele Geld zu bekommen. Außerdem war ich sicher, dass mich in dem Institut niemand suchen würde. Im Nachhinein komplett bescheuert, aber …« Nesrin zuckt mit den Schultern.

»Wie ging es weiter?«, frage ich.

»Am dritten Tag habe ich angefangen zu zittern. Also meine Hände haben gezittert. Im Ruhezustand. Wenn ich was mit ihnen gemacht habe, waren sie friedlich. Schreiben und Tee eingießen zum Beispiel war kein Problem, aber wenn sie nichts tun mussten, haben sie gezittert. Mein Kopf hat an diesem Tag jedoch fabelhaft funktioniert und Dr. Van Beek war sehr zufrieden.

Der vierte Tag mit den Tabletten war dann die Katastrophe. Sie hatten die Dosis noch einmal erhöht und eine Stunde nach der Einnahme bekam ich einen epileptischen Anfall. Natürlich hatte ich keine Ahnung, was mit mir geschieht, aber Dr. Van Beek hat es so genannt. Seine Leute haben mich auf mein Zimmer gebracht. Ich konnte mich nicht bewegen und hatte schreckliche Angst. Direkt nach dem Anfall muss ich eingeschlafen sein. Als ich wach wurde, hat jeder einzelne Muskel meines Körpers wehgetan. Noch schlimmer ging es meinem Kopf. Der hat so gedröhnt, dass ich dachte, er platzt jeden Augenblick. Irgendwie konnte ich auch nicht richtig sehen. Die Wände meines Zimmers schienen auf mich zuzukommen, um mich zu zerquetschen, und im letzten Moment wieder zurückzuweichen. Im ganzen Raum war ein waberndes rotgelbes Licht. Irgendwie höllisch.«

»Klingt wie ein Drogenrausch«, sagt Milena.

»Das war es ja auch«, stimmt Erol zu. »Wie ging es weiter?«

»Als ich dachte, die Wände zerquetschen mich, habe ich geschrien. Dr. Van Beek kam wieder rein und hat mir ein Beruhigungsmittel gespritzt. Drei seiner Leute mussten mich festhalten, weil ich völlig panisch war. Ab da habe ich einen Filmriss. Vermutlich bin ich wieder eingeschlafen. Irgendwann habe ich jedenfalls die Augen geöffnet und es war schon etwas dämmerig. Jemand hatte an meine Zimmerwand eine wunderschöne Flusslandschaft gemalt. Ein großes, kitschiges Bild, das mich an das Auen-Land in ›Herr der Ringe‹ erinnert hat. Auf dem Fluss waren Bötchen, die sich bewegten, und am Ufer liefen sehr kleine Menschen herum. Ich stand auf, um mir das näher anzusehen, und tauchte meinen Finger in den Fluss. Als ich ihn anschaute, war er blau gefärbt, und als ich wieder zur Wand sah, war das Bild verschwunden. Nichts als weiße Raufasertapete, so weit wie das Auge reichte.«

»Krass«, sagt Erol.

Nesrin nickt. »Das war der Punkt, wo ich zusammengebrochen bin. Sie müssen mich danach weggebracht haben, aber ich erinnere mich nicht daran. Irgendwann bin ich in dem Zimmer aufgewacht, aus dem ihr mich heute Nacht rausgeholt habt.«

»Wie ging es dir nach dem Aufwachen?«, fragt Milena.

»Ich hatte furchtbare Angst, weil ich nicht wusste, wo ich bin. Das Zimmer war okay und das Essen auch, aber natürlich war sofort klar, dass ich eingesperrt war.«

Während sie erzählt, sind Nesrin die Tränen gekommen. Ich nehme ihre Hand und lege einen Arm um sie. Vielleicht sollten wir lieber eine Pause machen, aber davon will sie offenbar nichts wissen. Sie nickt mir zu und spricht weiter. »Zu meinem eigenen Besten, wie mir ein Arzt mit französischem Akzent am nächsten Morgen mitteilte. Er behauptete, ich hätte einen psychotischen Schub gehabt und einen Selbstmordversuch unternommen. Und ich müsste wenigstens sechs Wochen unter psychiatrischer Aufsicht bleiben.«

»Hast du versucht, dich dagegen zu wehren oder irgendwie rauszukommen?«, frage ich.

»Zuerst nicht. Ich war dauernd müde und völlig antriebslos, hauptsächlich wegen der Medikamente. Der Arzt hatte gesagt, wenn ich die brav nähme, wäre ich in ein paar Wochen wieder draußen. Also habe ich sie geschluckt. Bis ich die Frau mit dem Zauberwürfel getroffen hab'. Wir konnten nur ein paar Worte wechseln, bevor die Pfleger aufgetaucht sind, aber sie war bereits seit dem Frühjahr dadrin und der Arzt hatte ihr am Anfang das Gleiche gesagt wie mir. Da hab' ich angefangen zu überlegen, wie man die Pfleger austricksen kann.«

Nesrin hat die letzten Sätze nur stockend rausgebracht und in ihrem Gesicht ist noch etwas von dem Entsetzen zu sehen, das die Worte der Frau mit dem Zauberwürfel in ihr ausgelöst haben. Ich nehme sie in den Arm und wünsche mir nichts sehnlicher, als neben ihr einzuschlafen.

»Lasst uns das jetzt beenden und morgen weiterreden«, sage ich.

»Kein Problem«, erwidert Milena, »nur eine Frage hätte ich noch: Was glaubt ihr, welche Rolle spielt *Bakersfield Pharmaceuticals* bei der ganzen Geschichte?«

Niemand antwortet. Draußen ist es langsam hell geworden und das Licht des beginnenden Tages sickert durch die Spalten der Rollos, die nicht richtig schließen. Es ist ein wunderbares Gefühl, neben Nesrin zu sitzen und ihre Hand zu halten, aber ich bin so müde, dass ich kaum noch klar denken kann. Ich schaue zu Milena hinüber und grinse sie an. »Scheiß drauf!«

Milena grinst zurück. »Stimmt! Weil es unmöglich ist, ihnen irgendeine Verbindung zu den Drogenköchen nachzuweisen. Sie sponsern um sechs Ecken herum Leute, die sich für sie die Hände schmutzig machen und Dinge tun, die ein seriöses Unternehmen niemals riskieren würde. Wenn dabei was rausspringt, was sie gebrauchen können, schöpfen sie es ab. Wenn nicht, war es den Versuch trotzdem wert. Wie auch immer, Leute wie wir haben in diesem Spiel nichts verloren.«

Erol nickt. »Ein schönes und wahres Schlusswort. Jetzt schlafen wir ein Stündchen und dann verschwinden wir von hier!«

Er steht auf und schaltet die Deckenbeleuchtung und die Stehlampe aus. Dann zieht er die Rollos noch ein paar Zentimeter hoch und wir genießen das warme Sonnenlicht, das in den Raum fällt.

Als er zu seinem Sessel zurückkehrt, bricht über unseren Köpfen die Hölle los. Es ist ein Geräusch, das mit nichts vergleichbar ist, was ich jemals gehört habe. Eine Mischung aus lautem Krachen und metallischem Scheppern, gefolgt von einem Poltern, das entsteht, wenn ein schwerer Gegenstand über die Dachschindeln nach unten rumpelt.

Erst jetzt hören wir den Schuss.

NEUNUNDDREISSIG

Ich hechte in Richtung Fußboden und reiße Nesrin mit hinunter. Auch Erol und Milena haben sich sofort hingeworfen und zusammen starren wir zur Zimmerdecke. Nichts zu sehen.

»Auf dem Dach ist nur die Satellitenschüssel«, sagt Milena.

»Jetzt nicht mehr.« In Erols nüchterner Stimme höre ich deutlich Besorgnis.

Es fallen weitere Schüsse, die an der Frontseite des Hauses Dinge zu Bruch gehen lassen.

»Die Geweihe«, sagt Milena.

Ich schaue zu Nesrin, die neben mir auf dem Bauch liegt. Ihr Gesicht ist kreideweiß und die Angst in ihren Augen tut mir weh.

Milena zieht ihr Handy aus der Tasche. »Die Polizei! Zeit für die Kavallerie!« Sie gibt den Pin ein und stößt einen armenischen Fluch aus, der schmutzig klingt, obwohl ich ihn nicht verstehe. »Kein Netz! Verdammter Mist, ich verstehe das nicht! Die ganze Zeit hat es funktioniert!«

Vor Wut und Empörung hat sie sich halb aufgerichtet. Erol greift nach ihrer Schulter, reißt sie zurück auf den Boden. In diesem Augenblick durchschlägt ein Projektil die Fensterscheibe und das Rollo und bleibt mit einem hässlichen Klatschen in der gegenüberliegenden Zimmerwand stecken.

»Glaubt ihr, die sind uns von der Klinik hierhergefolgt?«, fragt Nesrin.

»Kennst du noch mehr Leute in Frankreich, die dich einsperren wollen?«, flüstert Milena.

»Du hast recht, die wollen nur mich. Was ist, wenn ich da rausgehe und einfach aufgebe? Vielleicht lassen sie uns in Ruhe, wenn ich verspreche, weiter die Tabletten zu nehmen und niemandem was zu erzählen.«

»Wer weiß, vielleicht spendieren sie uns auch 'nen Cocktail, so einen mit Schirmchen obendrauf.« Erol kann Naivität nicht ausstehen. Nesrin guckt ihn an, als ob er sie getreten hätte.

»Wir verschwinden zusammen von hier«, entscheidet Milena. »Durch die Hintertür, die zum Carport rausgeht! Der Schuss kam von der rechten Hausseite.« Sie deutet mit dem Finger auf das kaputte Fenster. »Also schlagen wir uns auf der anderen Seite in den Wald. Und dabei müssen wir einfach schnell sein.«

Ich sehe Nesrin an und weiß, dass das nicht funktionieren wird. Erol sieht es auch. Er schüttelt langsam den Kopf. »Nesrin kann nicht rennen, und wenn ich sie trage, kann ich es auch nicht.«

Milena nickt. »Gut, dann gehen wir beide raus und Ben und Nesrin verstecken sich im Keller.«

Bevor ich fragen kann, wo in diesem Blockhaus ein Keller sein soll, hören wir die nächsten Schüsse. Sie demolieren das bereits getroffene Fenster weiter, schlagen aber deutlich tiefer in die gegenüberliegende Holzwand ein. Erol zeigt auf die Einschusslöcher. »Er schießt von einer höheren Position aus.«

Milena presst sich flach auf den Boden und schiebt sich in die Mitte des Raumes. Dort zieht sie einen Teppichläufer beiseite und darunter kommt eine in den Fußboden eingelassene Luke zum Vorschein. Die klappt sie auf und winkt uns heran. Zusammen schauen wir in einen vielleicht acht Quadratmeter großen Verschlag, in den man über eine kleine Trittleiter hinuntersteigen kann. Abgesehen von ein paar verstaubten leeren Flaschen und alten Obstkörben, ist der Raum leer. »Licht gibt es keines, aber ihr habt ja Bens Handy. Klettert rein und ich mache den Teppich wieder drüber. *Yalla!*«

Nesrin und ich zögern keine Sekunde, steigen die Leiter hinunter und finden uns auf einem gestampften Lehmboden wieder, von dem ein merkwürdiger Geruch ausgeht. Es ist kühl und modrig hier unten. »Schön Ruhe bewahren!«, sagt Erol. Dann schließt er die Klappe über uns und ich höre, wie auch der Teppich wieder an seinen Platz geschoben wird. Erol und Milena verschwinden aus dem Haus, ohne das geringste Geräusch zu verursachen.

Um uns herum ist es vollständig dunkel. Nicht die Art von Dunkelheit, die durch Sterne, Mondlicht oder Neonbeleuchtungen gemildert wird, sondern eine tiefe, undurchdringliche Schwärze. Die Luke und der Teppich darüber lassen nicht den kleinsten Lichtstrahl durch. Ich frage mich, ob sie auch die Luftzufuhr derart radikal blockieren. Wie lange werden wir hier durchhalten können? Meine Hand sucht in der Hosentasche nach dem Handy, aber Nesrin macht einen Schritt auf mich zu und umarmt mich. »Warte noch einen Augenblick.«

Ich küsse sie und die Wärme und der Duft ihrer Haut sind so überwältigend, dass ich beinahe froh bin, als sie sich von mir löst. »Wir hätten mit den anderen gehen sollen«, sagt sie unvermittelt. »Ich bin wieder okay! Kein verdammter Klotz am Bein!«

Sie nimmt mir das Smartphone aus der Hand und lässt den dünnen Lichtstrahl der Taschenlampe über die Kellerwände huschen. Es scheint ihr tatsächlich etwas besser zu gehen. Die Panik ist aus ihren Augen verschwunden und ihre Stimme klingt fast wieder normal. Aber das reicht nicht. Sie ist auf keinen Fall stark genug, um durch den Wald zu fliehen.

Ich schüttele den Kopf. »Bis zum Dorf sind es fünf Kilometer. Ich weiß nicht, wie viele von den Typen da draußen sind.«

Nesrins Augen füllen sich mit Tränen, aber ihre Stimme gewinnt mit jedem Wort an Festigkeit und Selbstvertrauen. »Ich will verdammt noch mal hier weg!«, faucht sie und starrt mich an. Sie dreht sich zur Trittleiter um und steigt die ersten zwei Sprossen hinauf.

»Wir bleiben hier«, sage ich.

Was für ein Irrsinn. Ich bin so wütend über ihre Sturheit, dass mir das Atmen schwerfällt, und ein verrückter und lächerlicher Gedanke schießt mir durch den Kopf: *Das sind meine Ferien, verdammt!* Die in drei Wochen vorbei sein werden. Was ich sehr gerne noch erleben möchte.

Dann hören wir über uns Schritte. Er ist da.

VIERZIG

Handy aus«, flüstere ich und Nesrin reagiert sofort. Dann ist sie mit einem Schritt bei mir. Dicht aneinandergedrängt, stehen wir in der Mitte des Raumes und lauschen.

Beim Eindringen in das Haus ist er extrem leise gewesen. Wir haben ihn erst gehört, als er die Küchenzeile betreten hat. Die Holzdielen knarren und ächzen, manche mehr, manche weniger. Vermutlich trägt er festes Schuhwerk und ist nicht gerade ein Leichtgewicht. Sein Gang hat etwas Schleppendes. Wie ein Mensch, der seine Füße beim Gehen nur widerwillig anhebt. Langsam schlurft er durch die Küche, öffnet Schränke, klappert mit Töpfen und Geschirr. Ein Topf landet mit metallischem Scheppern auf dem Boden und wird mit einem gemurmelten Fluch durch den Raum gekickt.

Jetzt bleibt er unvermittelt stehen. Eine Minute vergeht ohne das geringste Geräusch.

»Was macht er?« Nesrins Stimme ist wie ein Hauch in meinem Ohr.

»Er hat die Teetassen gesehen.«

Diese Befürchtung ist mir schon durch den Kopf

geschossen, als ich seine ersten Schritte gehört habe. Er wird vier Tassen sehen und wissen, wie viele Personen hier gewesen sind. Die Temperatur des Tees in der Kanne verrät ihm, dass dies noch nicht lange her sein kann. Welche Schlüsse wird er ziehen? Denkt er, dass wir alle in den Wald geflohen sind? Wenn er vom Chateau Lumière kommt, weiß er, dass ein Mitglied der Gruppe traumatisiert und geschwächt ist. Geht er davon aus, dass diese Person bei uns ist?

Nesrin hat angefangen, stark zu schwitzen. Ich halte sie an mich gedrückt und meine Hand auf ihrem Rücken registriert die Hitze und den Schweißfleck zwischen ihren Schulterblättern.

Die Schritte entfernen sich. Er hat das Wohnzimmer verlassen und durchsucht die beiden Schlafzimmer und das Bad. Eine weitere Minute vergeht, dann hören wir einen halblauten, erstaunten Ausruf auf Französisch. Er hat Milenas Computer entdeckt. Wenn er zwei und zwei zusammenzählt, kann er sich denken, was sie getan hat.

Die Schritte werden wieder lauter. Er kommt zurück ins Wohnzimmer. Nähert sich der Mitte des Raumes und damit der Luke. Wird er spüren, dass der Boden unter seinen Füßen hohl ist? Kann der Teppich den Trittschall ein bisschen dämpfen und unsere Chancen vergrößern? Nesrin hält meine linke Hand umklammert und quetscht meine Finger mit einer Kraft, die ich ihr nicht zugetraut hätte.

Dann macht der Mann über uns zwei Schritte vorwärts und betritt die Luke. Wir erstarren in völliger Bewegungslosigkeit. Er steht direkt über uns und rührt sich ebenfalls nicht. Vielleicht denkt er nach oder lauscht, weiß der Himmel.

Obwohl ich nichts sehen kann, habe ich nach oben zur Luke geguckt, als er über uns stehen geblieben ist. Ein schwerer Fehler, wie ich jetzt feststelle. Das plötzliche Gewicht auf der Holzklappe hat eine Wolke von Staub und winzigen Partikeln von was auch immer ausgelöst, die sich im Dunklen auf uns herabsenkt und mir in Augen und Nase dringt. Sofort nehme ich den Kopf runter und halte den Atem an, aber es ist schon zu spät. Das Zeug in die Augen zu bekommen, ist nicht schlimm, aber ich spüre, wie das feine Kribbeln in meinen Nasenschleimhäuten innerhalb kürzester Zeit zu einem heftigen unkontrollierbaren Niesreiz hochkocht. Mist, Mist, Mist!

Lautlos schiebe ich die überraschte Nesrin aus der Mitte des Raumes an die Wand und presse mein Gesicht auf ihre Schulter. Offenbar begreift sie sofort, worum es geht, legt beide Unterarme von hinten um mein Genick und verstärkt den Druck noch mal. Sekunden vergehen. Der Niesreiz scheint nicht stärker zu werden, aber dafür bekomme ich kaum noch Luft. Ich bin es vom Tauchen gewohnt, den Atem anzuhalten, aber das hier ist etwas völlig anderes. Mir ist schlecht. Mein Mageninhalt drängt nach oben und verzweifelt beginne ich zu schlucken. Luftanhalten und Schlucken gleichzeitig ist sehr schwer. Noch einmal fange ich an, die Sekunden zu zählen. Bei dreizehn schlägt mein Herz so stark, dass ich denke, der Mann über uns müsste es hören. Gleich wird er den Teppich beiseiteziehen und die Klappe öffnen. Aber vielleicht macht er sich diese Mühe auch gar nicht. Bilder aus einem Film, den ich mal gesehen habe, jagen mir durch den Kopf. Soldaten, die auf eine Gruppe Geflüchteter in einem Kellerloch einfach durch die Falltür hindurch das Feuer eröffnen.

Dann ist da ein schleifendes, schabendes Geräusch und ich begreife, dass der Mann sich auf dem Absatz umgedreht hat. Seine ersten beiden Schritte direkt über unseren Köpfen sind sehr laut und werden leiser, als er auf dem normalen Dielenboden weiter in Richtung Küchenzeile geht. Die Arme um meinen Hals lockern ihren Druck und ich beginne, lautlos und flach wieder zu atmen. Als ich sicher bin, dass der Niesreiz abgeflaut ist, nehme ich den Kopf von Nesrins Schulter und richte mich auf. Ich ziehe sie an mich und küsse sie. Hart und schnell spüre ich ihren Herzschlag an meiner Brust. Beide sind wir schweißgebadet und außer Atem. Die Luft um uns herum ist feucht und stickig, aber noch reicht der Sauerstoff.

Ich lausche und stelle erleichtert fest, dass die Schritte verklungen sind. Da oben ist es totenstill. Wir kauern uns auf den Lehmboden und warten minutenlang. Noch immer zirkuliert das Adrenalin hochtourig durch meinen Kreislauf.

»Ich höre nichts mehr. Ich glaube, er ist weg«, flüstere ich.

Nesrin zieht meinen Kopf zu sich heran und haucht in mein Ohr. »Vielleicht sitzt er ja auch auf dem Sofa und wartet.«

EINUNDVIERZIG

Ich denke über ihre Worte nach. Möglich wäre es. Aber nicht besonders logisch. Wenn er die Luke bemerkt und den Verdacht gehabt hätte, dass sich dort jemand versteckt, hätte er einfach nachgesehen. Warum sollte er sich hinsetzen und gemütlich warten, bis wir aus dem Loch gekrochen kommen? Um uns eine höllische Überraschung zu bereiten? Was, wenn er ein verdammter Sadist ist?

»Wir bleiben hier«, flüstere ich in Nesrins Ohr. Dieses Mal widerspricht sie nicht. Wir sitzen nebeneinander mit dem Rücken an der Wand und starren in die Finsternis.

Ich bin total ausgelaugt. Die Anstrengung und der Stress der letzten Stunden erzeugen eine merkwürdige Benommenheit. *Hat vielleicht auch mit dem Sauerstoffmangel zu tun,* sagt eine leise, sachliche Stimme in meinem Kopf, die entfernt nach Arni klingt. Der Freund für die unangenehmen Wahrheiten. Der immer recht hat. Bis auf einmal. *Die ist so u-unerreichbar, w-wie die Rückseite des M-M-Mondes,* hat er gesagt. Von wegen, denke ich, als Nesrin jetzt ihren Kopf auf meine Schulter legt und ihre Atemzüge langsam und gleichmäßig werden.

Dann hören wir die Schüsse. *Plopp, plopp, plopp.* Nicht sehr laut. Außerhalb des Hauses in ziemlicher Entfernung.

Jemand schießt auf Erol und Milena. Gütiger Himmel! Ich muss raus aus diesem Loch! Und das geht auch! Wenn er draußen schießt, kann er nicht mehr im Haus sein.

Außer es sind mehrere, sagt Arni beiläufig. Der Typ macht mich wahnsinnig.

Ich will aufspringen, doch Nesrin umklammert mein Handgelenk und zieht mich zurück auf den Boden. »Wir bleiben hier«, sagt sie.

»*Du* bleibst hier! Und wartest auf mich, während ich mich da draußen umsehe!«

Aber Nesrin lässt mich nicht los. »Leise! Hörst du das nicht?«

Ich setze mich wieder hin, konzentriere mich. Und dann höre ich es auch.

Milena schreit.

Kreischt.

Die Worte kann ich nicht verstehen, aber die Stimme ist voller Schmerz und Wut.

Entsetzt springe ich auf und schalte die Taschenlampe des Handys ein. Mit einem großen Schritt bin ich bei der Trittleiter. Die Luke über meinem Kopf ist von oben nicht verschlossen. Ich werde jetzt die Leiter hinaufsteigen, die Klappe samt Teppich nach oben drücken und rausklettern.

In diesem Augenblick bricht Milenas Schrei abrupt ab.

Nesrin ist ebenfalls aufgesprungen. Ihr Gesicht erscheint in dem herumirrenden Licht der Taschenlampe leichenblass. Tränen laufen ihre Wangen hinab. Fassungslos starren wir uns an und lauschen. Von Milena ist nichts mehr zu hören.

Nesrin legt eine Hand auf meinen Arm und zieht mich zu sich heran. Sie spricht eindringlich und überartikuliert, so als wollte sie jedes Wort einzeln abtasten, bevor es ihren Mund verlässt. »Erol ist da draußen. Glaubst du, dass du irgendetwas tun könntest, was er nicht kann? Er ist schlau und gewohnt, auf sich aufzupassen. Hast du ihn schon einmal kämpfen sehen?«

Ich denke an die Garage in Amsterdam und nicke. Nesrins Gedanke hat nur einen Haken: Wenn Erol am Leben oder zumindest bei Bewusstsein wäre, hätte er niemals zugelassen, dass jemand Milena wehtut.

»Du darfst mich nicht allein lassen!«, beschwört mich Nesrin.

»Und Milena?«

»Verdammt, hörst du nicht zu? Ich bleibe nicht allein hier. Wenn du da hochgehst, komme ich mit. Und wehe, du versuchst, mich daran zu hindern!«

Einen Augenblick lang denke ich darüber nach, genau das zu probieren, aber es würde alles kaputt machen. Was für ein verdammter Mist. Ich weiß nicht, was ich tun soll.

Ich kann Milena nicht im Stich lassen.

Ich kann Nesrin nicht hierlassen.

Ich will Nesrin nicht mitnehmen.

Ich habe keine Ahnung, was da oben passiert ist.

Wertvolle Zeit verrinnt.

Nesrin wendet sich zur Trittleiter und steigt zwei Stufen hinauf. »Kommst du?«

Ich nicke und in diesem Augenblick betritt jemand das Haus. Diesmal höre ich deutlich, wie die Tür geöffnet und wieder geschlossen wird. Schritte in der Küchenzeile, die sich rasch der Kellerluke nähern. Der Teppich wird zur Seite gezogen, die Luke geöffnet, dann blendet uns helles Morgenlicht. Ich schließe einen Augenblick meine Augen, und als ich sie wieder öffne, steht Erol über mir. Braun gebrannt, athletisch und mit nacktem Oberkörper, schaut er auf uns herab. Ich bin so verdammt froh, ihn zu sehen, dass ich mir vornehme, nie wieder Witze über Leute mit Goldkettchen zu machen. Nicht mehr so viele jedenfalls.

Erol sieht erschöpft und angespannt aus. »Raús mit euch«, sagt er.

Dafür brauche ich keine zweite Aufforderung, ich steige die Leiter hinauf und weiß, dass Nesrin direkt hinter mir ist. Auf der Hälfte der Stufen ragt mein Kopf bereits aus der Luke und Erol macht mir Platz. Die Helligkeit, die mich empfängt, ist überwältigend. Gleich durch zwei Fenster flutet die Morgensonne den Raum.

»Wo ist Mi…?«, frage ich, drehe meinen Kopf und dann sehe ich sie. In einem Korridor aus Licht, angestrahlt wie auf einem Filmset sitzt Milena vornüber gebeugt auf der Couch wie jemand, der sich kaum aufrecht halten kann. Sie trägt ein weißes T-Shirt und auf ihrem Bauch ist ein riesiger, matschiger roter Fleck.

ZWEIUNDVIERZIG

Ich bin so entsetzt, dass ich um ein Haar das Gleichgewicht verliere. Die Leiter schwankt und Nesrin gibt hinter mir einen überraschten Schreckenslaut von sich. Erol streckt mir eine Hand entgegen und zieht mich aus der Luke.

»Keine Panik«, sagt er. »Das ist ein Fake.«

»Und zwar ein guter«, ergänzt Milena, die sich jetzt aufrichtet. Sie streift sich die Haare aus der Stirn und bringt ein schräges Grinsen zustande. Ich höre Nesrin scharf ein- und ausatmen und verstehe nicht das Geringste. Außer dass Milena offenbar unverletzt ist.

»Setzt euch hin«, sagt sie. »Ich erzähle kurz, was passiert ist, und dann müssen wir hier weg.«

Nesrin und ich hocken uns der Einfachheit halber auf den Fußboden. Milena wirft Erol einen fragenden Blick zu, und als der nickt, beginnt sie zu erzählen. Cool und sachlich, wie immer. Irgendwie unheimlich.

»Ursprünglich hatten wir vor, Hilfe zu holen, aber schon nach wenigen Minuten wussten wir, dass das nicht funktionieren würde. Auch weiter weg vom Haus gab es kein Mobilfunknetz, irgendwelche Wanderer sind so früh eh nicht unterwegs und nach La Petite-Pierre zu laufen, hätte viel zu lange gedauert. Also haben wir uns im Wald versteckt und aus sicherer Entfernung das Haus beobachtet. Wir haben den Schützen entdeckt, als er sich dem Haus genähert hat. Er ist hineingegangen und wir hatten eine Scheißangst, was passieren würde. Wenn er euch gefunden und bedroht hätte, wäre uns nichts anderes übrig geblieben, als aufzugeben. Aber dann ist er wieder rausgekommen und ich hab' geheult vor Erleichterung. Er hatte euch offensichtlich nicht entdeckt und schien unschlüssig zu sein, was er tun sollte. Jedenfalls hat er versucht, vor dem Haus zu telefonieren, bekam aber genauso wenig eine Netzverbindung wie wir. Offenbar war er selbst ziemlich ratlos. Und verwundbar.«

Milena macht eine Pause und trinkt einen Schluck kalten Tee aus irgendeiner Tasse auf dem Tisch. Wieder schaut sie zu Erol hinüber und ich begreife, dass sie auf ihre coole Art stolz auf ihn ist.

»Erol hatte die Idee, dem Mann eine Falle zu stellen. Mit mir als Köder. Er ging auf einmal in die Hocke und fing an, Waldbeeren zu pflücken. Erdbeeren, Brombeeren, keine Ahnung, wie die alle heißen. Als er ein paar Hände voll zusammenhatte, zerquetschte er sie mit den Fäusten und verrieb den Brei auf seinem Bauch. Der hellrote Erdbeersaft wurde von den Brombeeren abgedunkelt und auf den ersten Blick sah es wie ein Riesenblutfleck auf einem weißen T-Shirt aus. Der Farbton war perfekt. Ich habe mich dann versteckt und Erol ist in einem weiten Bogen durch den Wald gerannt, hat dabei jede Menge Lärm gemacht und den Typen tatsächlich dazu gebracht, ein paar Schüsse abzugeben. Nach einer Viertelstunde war er wieder bei mir. Und dann kam das Beste.« Milena lächelt, als ob sie eine schöne Urlaubserinnerung mit uns teilen würde.

»Er zog das Hemd aus und streckte es mir entgegen. *Zieh es an,* hat er gesagt. Ich dachte, er sei völlig übergeschnappt, aber als er sich freundlicherweise umdrehte, wusste ich, dass er es ernst meinte. Also zog ich meinen Pullover aus und das T-Shirt an. Erol sagte, ich solle mich auf den Boden setzen, mit dem Rücken an einen Baum lehnen und laut jammernd um Hilfe schreien. Das habe ich gemacht, während er auf den Baum geklettert ist und über mir auf einem Ast hockte.

Ich habe um Hilfe gerufen, geheult, vor Schmerzen geschrien und Erol verflucht, weil er mich im Stich gelassen hat. Wollt ihr eine Kostprobe?«

Milena streift die Haare zurück, zaubert einen abgrundtief verzweifelten Ausdruck auf ihr Gesicht und kippt ihre Stimme um eine Oktave nach oben. Das Ergebnis ist ein von Schmerz und Wahnsinn erfülltes Kreischen. *Erooool, du verdammter Mistkerl! Komm zurück! Mein Gott, das tut so weh! Ich will hier nicht ster…!*

Sie bricht mitten im Wort ab, was es noch eindrucksvoller macht, und grinst. Dann spricht sie mit ihrer sachlichen IT-Stimme weiter. »Es war eine ziemlich filmreife Nummer und sie hat funktioniert. Es hat nicht lange gedauert, da ist der Typ tatsächlich aufgetaucht. Ich konnte sein Gesicht gut erkennen, als er mit dem Gewehr im Anschlag näher kam. Von Weitem muss ich ausgesehen haben wie eine Frau, die an einem Bauchschuss stirbt. Erst als er auf einen Meter heran war, hat er gemerkt, dass etwas nicht stimmte. Ich hab' es in seinen Augen gesehen. Aber da war es für ihn schon zu spät. Erol ist von oben auf ihn gesprungen und hat ihm auf den Kopf geschlagen.«

»Womit?«, will Nesrin wissen.

»Mit einem Knüppel«, sagt Erol nüchtern. »Der ganze Wald ist voll davon. Es war das totale Überraschungsmoment, das den Ausschlag gegeben hat. Sonst hätte ich es nicht geschafft. Der Typ war sehr kräftig und dann das Gewehr … eine Fifty-fifty-Sache.« In Erols Stimme ist weder Freude noch Triumph zu hören. »Leider hatten wir nichts, um ihn zu fesseln, aber wir haben ihn bis auf die Unterhose ausgezogen und seine Klamotten, das Gewehr, sein Smartphone und die Schuhe mitgenommen. Wenn er zu sich kommt, werden seine Möglichkeiten begrenzt sein. Doch wir müssen hier trotzdem verschwinden.«

Erol geht zu seinem Rucksack, holt zwei blütenweiße, noch original verpackte T-Shirts heraus und wirft Milena eins zu. »Du musst dich umziehen. Sonst lassen sie uns nicht in das Hotel.«

»Gleich!« Milena wischt über das Display ihres

Handys und reicht es Nesrin. »Ich hab' den Typen fotografiert. Kennst du ihn?«

Nesrin schüttelt den Kopf. »Den habe ich noch nie gesehen! In was für ein Hotel wollt ihr?«

»Erol und ich haben ein Zimmer in La Petite-Pierre. Dorthin gehen wir erst mal«, sage ich.

Nesrin nickt.

»Was wird aus deinen Computern?«, frage ich Milena.

»Wir schließen hier alles gut ab und ich bitte in La Petite-Pierre den Vermieter des Ferienhauses, mir das Zeug nachzuschicken. Wird natürlich nicht billig, aber noch habe ich ja Geld.«

»Darüber sprechen wir noch mal«, sagt Erol und küsst sie. »Was soll damit passieren?« Er deutet auf das Gewehr und die Kleider des Schützen in der Zimmerecke.

»Wir packen die Sachen in den Keller«, schlägt Milena vor. »Ich erzähle dem Vermieter, ich hätte sie dort zufällig entdeckt und wegen des Gewehrs einen Mordsschrecken gekriegt. Soll er sich darum kümmern. Und jetzt hauen wir hier ab!« Sie lächelt und nutzt die Gelegenheit, ein letztes Mal Theater mit ihren Haaren zu machen.

Ich werfe einen Blick auf mein Handy. Es ist 8.00 Uhr morgens und die Wetter-App verspricht einen schönen Tag. Ich bin hundemüde und fühle mich gleichzeitig so lebendig wie noch nie.

DREIUNDVIERZIG

Gegen 11.00 Uhr erreichen wir das Hotel *Aux Trois Roses.* Wir haben Glück, der Empfang ist nicht besetzt und so huschen wir an der Rezeption vorbei, ohne lästige Fragen beantworten zu müssen. Auf dem Zimmer losen wir die Reihenfolge beim Duschen aus und wie immer bin ich als Letzter dran.

Während die anderen nacheinander ins Bad huschen, checke ich die Busverbindungen nach Saarbrücken. Der nächste Bus fährt um 13.00 Uhr und ich bin entschlossen, ihn nicht zu verpassen. Wir müssen hier weg. Auf jeden Fall raus aus Frankreich. Ob der Typ, den Erol im Wald niedergeschlagen hat, uns bis hierher in den Ort folgen wird? Eigentlich glaube ich es nicht, aber nichts von alledem, was in den letzten sieben Tagen passiert ist, hätte ich vor drei Wochen für möglich gehalten. Meine Gedanken fangen an zu rotieren.

Wer war der Mann mit dem Gewehr? Auf jeden Fall jemand, den die Klinik geschickt hat, vermutlich ein Mitarbeiter, der mit einer Schusswaffe umgehen konnte. Er ist nur wenige Stunden nach Nesrins Flucht aufgetaucht. Unwahrscheinlich, dass sie in der kurzen Zeit jemanden von außerhalb anfordern konnten. Nesrin hat ihn nicht gekannt, doch das hat nichts zu bedeuten. Sie hat ja höchstens eine Handvoll Leute zu Gesicht gekriegt.

Was um Gottes willen sollte dieser merkwürdige Angriff? Je länger ich darüber nachdenke, desto mehr komme ich zu dem Ergebnis, dass er uns nicht umbringen wollte. Wenn er das vorgehabt hätte, wäre es einfach gewesen, sich an das Haus heranzuschleichen und uns kurzerhand zu erschießen. Er hat jedoch etwas anderes getan. Er hat aus einiger Entfernung auf die Satellitenschüssel gefeuert und die Rehgeweihe über der Haustür pulverisiert, was nicht viel mehr als eine lautstarke Drohung war. Für die SAT-Schüssel hat er nur einen Schuss gebraucht. Wenn das kein absoluter Glückstreffer war, kann man daraus schließen, dass er mit einem Gewehr umgehen kann. An seinen Schießkünsten liegt es also nicht, dass wir noch leben. Wenn er uns hätte töten wollen, wären wir jetzt tot. Wenn er uns aber *nicht* umbringen wollte, muss er ziemlich entsetzt gewesen sein, als er Milena mit dem angeblichen Bauchschuss sah. Vielleicht erklärt das sein unbedachtes und leichtsinniges Vorgehen. Sein Ziel war, uns einzuschüchtern, was ja auch funktioniert hat. Bis zu einem gewissen Punkt. Ich sehe Erol vor meinem geistigen Auge wie ein Habicht auf ihn hinunterstoßen und stelle mir vor, wie er sich gefühlt haben muss, als er fast nackt auf dem Waldboden zu sich kam. Mit etwas Glück hat er genug von uns.

Aber es gibt noch ein anderes Problem. Was ist, wenn das Chateau Lumière tatsächlich eine ärztliche Einweisung für Nesrin aus dem Hut zieht und die Behörden darüber informiert, dass der Klinik eine selbstmordgefährdete Patientin abhandengekommen ist? Eine junge Deutsche mit blauen Haaren? La Petite-Pierre hat keine siebenhundert Einwohner. Gibt es in so einem kleinen Ort eine Polizeistation? Ich weiß es nicht, aber ich werde es nicht darauf ankommen lassen. Um spätestens Viertel vor eins checken wir hier aus.

»Wir sind pünktlich zurück«, verspricht Erol, der mit Milena unbedingt noch im *Chez Sylvain* frühstücken will. Ich bitte ihn, auf dem Rückweg zum Hotel eine Sonnenbrille und eine Basecap in Nesrins Größe zu kaufen. Er nickt. »Gute Idee.«

Ich steige in die Dusche und hoffe, dass mir die anderen noch ein bisschen heißes Wasser übrig gelassen haben, als mein Handy sich meldet. Leise fluchend, klettere ich wieder raus und nehme den Anruf entgegen. Es ist Arni.

»Alles okay bei dir?«

»Bestens«, lüge ich und gebe ihm einen knappen Abriss der letzten Ereignisse.

»Ach, du Scheiße!« Arni ist hörbar geschockt. »Seht zu, dass ihr da wegkommt, hörst du? Ihr müsst den Ort verlassen. Am besten das Land!«

»Um 11.00 Uhr fährt der Bus. Eine Stunde später sind wir in Saarbrücken.«

»Gut! Eine Sache noch ganz kurz: Ich habe noch

mal im Internet wegen dieser kleinen Institute herumrecherchiert und etwas Überraschendes festgestellt. Das ›Institute for High-Level-Potentialities-Research‹ hat heute Morgen seine Website vom Netz genommen. Ich hatte einen Screenshot von der Startseite und kannte deshalb ihre Telefonnummern. Also habe ich von 7.00 Uhr an alle halbe Stunde da angerufen. Dort ist niemand mehr. Nicht mal die Mailbox springt an.«

»Wow, das ging schnell!«

»Halt mich auf dem L-L-Laufenden«, sagt Arni und legt auf.

Als ich eine Viertelstunde später aus dem Bad komme, sind Erol und Milena schon weg und Nesrin ist auf dem Bett eingeschlafen. Ich setze mich auf einen Stuhl und schaue sie an. Sie ist sehr blass und sieht schmal und zerbrechlich aus. Wenn da nicht die zornige Steilfalte über der Nase und der entschlossene Zug um ihren Mund wären, die der Schlaf nicht hat glätten können. Diesen Ausdruck habe ich auch gesehen, als sie heute Morgen neben mir durch den Wald gewandert ist. Ich habe gewusst, was er bedeutet, und es hat mich traurig gemacht. Nesrin mag zerbrechlich wirken, aber sie ist es nicht. Noch im Schlaf strahlt sie eine Unbeugsamkeit aus, die sie all die Jahre sorgfältig versteckt haben muss. Bevor sie sich zu einem Schritt entschloss, der mehr Mut erforderte, als ich jemals aufbringen werde. Was ich im Bootshaus gesehen habe, war nicht einfach eine rebellische Verkleidung, sondern ein Coming-out.

Und der Geist wird nicht mehr in die Flasche zurückkehren.

Eine Strähne des hellblauen Haares ist ihr ins Gesicht gefallen und jeder Atemzug lässt sie sanft vibrieren. Nesrin streift mit einer Hand über ihre Stirn und wacht dabei auf. Einen winzigen Augenblick lang weiß sie nicht, wo sie ist, dann fällt ihr Blick auf mich und sie lächelt. »Wieso sitzt du auf dem blöden Stuhl? Komm her zu mir!«

Ich stehe auf und lege mich zu ihr auf das Bett. Sie nimmt mein Gesicht in ihre Hände und küsst mich. Nicht wie im Bootshaus, sondern richtig. »Warum guckst du so traurig?«

»Du kommst nicht mit zurück nach Hause, oder?«

Nesrin schüttelt den Kopf. »Natürlich nicht! Hast du das gedacht?«

»Ich habe gehofft, jetzt, wo das Thema mit der Heirat vom Tisch ist, würdest du vielleicht …«

»Nein! Es hat sich nichts geändert. Ich fahre zurück nach Amsterdam, entschuldige mich bei Lily und bitte sie um Hilfe. Sie hatte für mich einen Platz in einer Wohngemeinschaft organisiert. Vielleicht ist der noch frei. Wenn nicht, findet sich was anderes.«

»Und was wird aus mir? Ich kann nicht einfach alle Brücken hinter mir abbrechen.«

»Das musst du auch nicht. In einem Jahr bist du mit der Schule fertig. Schon mal dran gedacht, in Holland zu studieren?«

Zugegeben, daran habe ich noch nie gedacht. Wieso eigentlich nicht? Ich habe die ganze Zeit nur überlegt, wie ich sie zur Rückkehr bewegen könnte. Aber das wird nicht geschehen. Sie ist meinetwegen nicht geblieben und sie wird meinetwegen nicht zurückkommen. »Ein Jahr ist so verdammt lang«, sage ich hilflos.

Nesrin sieht mich an. Liebevoll und unnachgiebig. Dann lächelt sie. »Vier Stunden Bahnfahrt ist nicht lang. Hast du den Zettel noch? Wenn du nach Amsterdam kommst, geh zu dieser Adresse. Dort wohnt eine Frau, die dir sagt, wo ich bin. Ich habe ihr ein Foto von dir geschickt.«

Wir fangen fast gleichzeitig an zu kichern.

»Und verlier den Zettel nicht«, sagt Nesrin.

VIERUNDVIERZIG

Nichts hat sich geändert und doch ist alles anders. Der Klassenraum ist derselbe wie vor den Ferien. Hellgraue Wandfarbe, blaues Linoleum, abgenutztes Mobiliar. Eine altmodische Kreidetafel, Kartenständer. Und ein spezieller Geruch, der durch Lüften nicht mehr rausgeht. Vielleicht wenn man das Gebäude sprengen würde …

Auch Kaltenbach, der in vier Minuten zur Tür hereinkommen wird, ist uns erhalten geblieben. Genauso wie der Rest des Lehrkörpers, bis auf Frau Hofstätter, die in den Ferien ein Baby bekommen hat. Nachdem, was in den letzten sechs Wochen passiert ist, kommt es mir absolut irreal vor, dass ich wieder hier sitze. Gleichzeitig habe ich das Gefühl, dass auf eine beruhigende Weise alles beim Alten ist.

Aber das ist es nicht. Ich sitze da, wo ich immer gesessen habe, und lasse meinen Blick über die Hinterköpfe meiner Mitschüler gleiten. Der Kopf, der mich im vergangenen Halbjahr am meisten interessiert hat, fehlt. Der Stuhl in der Reihe vor mir ist leer. Zwar hat sich herumgesprochen, dass Nesrin sich bei ihren Eltern gemeldet hat und also am Leben ist, aber aus irgendeinem merkwürdigen Grund hat niemand ihren Platz haben wollen. Was mir sehr recht ist.

Wenn ich den freien Stuhl sehe, denke ich an Nesrin und fühle mich besser. Trotz der Traurigkeit. Keine Ahnung, wie das geht. Sie lebt mit drei holländischen Studentinnen auf einem Hausboot in IJburg und hat die blaue Haarfarbe noch einmal aufgefrischt. Ich werde sie so oft wie möglich besuchen. In den Tagen, die uns in Amsterdam zusammen noch geblieben sind, konnte ich mich davon überzeugen, dass es ihr gut geht. Das hat sie auch ihrer Mutter am Telefon versichert, aber ich glaube, ihre Eltern sind immer noch außer sich.

Zu meinem Bedauern ist Max Keller nach den Ferien nicht wieder aufgetaucht. Wie man munkelt, haben seine Eltern ihn in ein sündhaft teures Schweizer Internat abgeschoben. Wirklich schade, ich hätte ihn sehr gerne mit Erol bekannt gemacht.

Den vermisse ich nämlich auch. Ich hätte nicht gedacht, dass es möglich ist, gleichzeitig mit Arni *und* ihm befreundet zu sein. Ich denke daran, wie Milena und er uns nach Amsterdam begleitet und zwei Tage später von Milenas Geld einen Flug nach Portugal gebucht haben. »Wenn sie die Kohle schon nicht zurückgeben will, kann sie die auch mit mir verbraten«, hat er gegrinst. Er hat noch jede Menge Resturlaub und nach Nesrins Abtauchen ist das Heiratsprojekt für beide Familien definitiv gestorben.

Ich glaube, Erol und Milena werden zusammenbleiben, doch Nesrin hat da ihre Zweifel. In einer langen Nacht auf dem Hausboot hat sie mir erzählt, warum sie denkt, dass die Beziehung keine Zukunft hat. »Türken haben Armeniern schreckliche Dinge angetan, Hunderttausende sind gestorben. Bis heute ist das Thema in meiner Familie tabu.« Fassungslos habe ich den Kopf geschüttelt. Das ist einhundert Jahre her! Egal, hat Nesrin gesagt, *glaub mir, beide wissen davon und es wird sie auseinanderbringen.*

Ich denke das nicht, aber in dieser sternenklaren, unfassbar schönen Nacht war mir nicht nach Diskutieren zumute. Meine Gedanken wandern zurück. Jeder fantastische Augenblick hat sich in mein Gedächtnis eingegraben. Ich lächele mit geschlossenen Augen und hoffe, dass niemand es sieht.

Noch von Amsterdam aus habe ich jeden Tag mit Arni telefoniert. Er hat herausgefunden, dass nicht nur das »Institute for High-Level-Potentialities Research«, sondern auch ähnliche Zentren in Belgien, Frankreich und Polen von einem Tag auf den anderen ihre Pforten geschlossen haben. Was *Bakersfield Pharmaceuticals* und das Chateau Lumière angeht, sind keine neuen Informationen aufgetaucht, was mich nicht besonders wundert. So wichtig waren wir weiß Gott nicht.

Um Punkt acht Uhr betritt Kaltenbach mit einem schneidigen »Guten Morgen!« den Raum. Er lässt seinen Blick durch die Reihen wandern und bleibt an dem freien Stuhl hängen. Ein Ausdruck des Bedauerns huscht über sein Gesicht. Auch ihm wird Nesrin fehlen. Auf seine Weise.

»Okay, Herrschaften«, sagt er. »Auf zur letzten Runde. Kann sich jemand erinnern, wo wir vor den Ferien stehen geblieben sind?«

Bei der mathematischen Beschreibung von Wellen- und Schwingungsphänomenen, höre ich Nesrin sagen und sehe das sanft schwankende Hausboot vor mir. Was ist schon ein Jahr …

Tania Witte

Die Stille zwischen den Sekunden

Nur knapp ist Mara einem Bombenattentat in der U-Bahn entgangen. Ihre Mitschüler nennen sie seither »Das Mädchen, das überlebt hat« und erwarten Betroffenheit von ihr. Aber Mara hat ganz andere Sorgen. Ihre Freundin Sirîn meldet sich immer seltener und scheint plötzlich komplett unerreichbar. Je mehr Mara ihr zu helfen versucht, desto mehr Unverständnis und Ablehnung erntet sie. Was verheimlichen alle vor ihr? Erst als sich ihr Schwarm Chriso in die Suche einschaltet, kommt die erschütternde Wahrheit ans Licht.

Arena

Auch als E-Book erhältlich und
als Hörbuch bei Rubikon Audioverlag

256 Seiten • Gebunden
ISBN 978-3-401-60474-9
www.arena-verlag.de

Thomas Thiemeyer

Evolution

Die Stadt der Überlebenden

Ahnungslos reisen Lucie und Jem mit einer Austauschgruppe in die USA. Doch als ihr Flugzeug am Denver Airport notlandet, wird ihnen schnell klar: Die Welt, wie sie sie kennen, gibt es nicht mehr. Die Flugbahn überwuchert, das Terminal menschenverlassen, lauern überall Gefahren. Sogar die Tiere scheinen sich gegen sie verschworen zu haben: Wölfe, Bären, Vögel greifen die Jugendlichen immer wieder in großen Schwärmen an. Was ist bloß geschehen?

Der Turm der Gefangenen

Mit letzten Kräften erreichen Lucie und ihre Freunde die Stadt der Überlebenden. Während Jem vor den Toren gegen angreifende Tiere kämpft, hofft Lucie im Inneren endlich Antworten zu finden. Doch im Schatten der Türme scheint das Mittelalter wieder aufgelebt zu sein: Wissenschaft gilt als schwarze Magie, Fragenstellen ist streng verboten. Als die Jugendlichen aus verbotenen Büchern erfahren, dass sie nicht die ersten Zeitreisenden sind, entlädt sich der Zorn des Burgherrn …

Arena

360 Seiten • Klappenbroschur
ISBN 978-3-401-51041-5
Beide Titel auch als E-Book erhältlich

376 Seiten • Klappenbroschur
ISBN 978-3-401-51042-2
www.arena-verlag.de